J'arrête quand je veux !

DU MÊME AUTEUR

Lettre ouverte aux drogués et aux autres... s'il en reste, JBZ et Cie, 2010

ISBN : 978-2-36956-371-6

JACQUES BARSONY

J'arrête quand je veux !

Addictologie, généalogie d'une promesse non tenue

Illustrations de Piotr Barsony

ÉDITIONS INTERVALLES

À mes parents
Moïse Ézéchiel
et Marie Madeleine

Domicile du Dr B, Toulouse

– C'est prêt !
– J'arrive !
– ...
– ... Tu dis que tu arrives mais tu n'arrives pas ! Qu'est-ce que tu fais ?
– J'écris.
– Quoi ?
– Un livre !
– Encore ! Sur quoi ?
– Sur les drogues.
– Tu n'es pas fatigué ?
– C'est spécial, quand même.
– Tu parles, les drogues...
– Dans les cavernes, ils faisaient des cérémonies...
– Les hommes préhistoriques ?
– On a trouvé des graines de pavot fossilisées, des hallucinogènes, du cannabis !

La vie avec les drogues en France, des années 1960 aux années 2020

Trop de repères ont disparu trop vite en même temps. Pour la première fois la santé mentale des très jeunes se dégrade. « Chers parents, je suis inadapté au monde d'aujourd'hui, je dois me mette à jour, permettez que je me réinitialise. Appelez-moi Pixel, c'est ma nouvelle identité numérique. Papa, maman, vous n'avez plus d'enfant... au sens classique du terme, je veux dire, je me dématérialise. Gros bisous, je vous aime... Qu'est-ce qu'il y a à manger ce soir ? »

Quand les drogues étaient sacrées

Quand il lève son verre vers le ciel pour trinquer c'est aux dieux que l'homme s'adresse. La recherche d'états seconds est une démarche spirituelle, spécifique à l'être humain, on se drogue parce qu'on n'est pas des bêtes. Les animaux peuvent consommer des drogues, la nature en est prodigue, mais chez eux il n'y a pas plus de drogués que d'alcooliques. Même si dans les pays tropicaux les fruits tombés des arbres qui fermentent rapidement font le régal des éléphants il n'y a pas d'ivrognes dans le troupeau. De Cro-Magnon à Noé et jusqu'à nos contemporains, l'homme a cohabité avec les drogues selon des coutumes, des règles ou des lois différentes en fonction des lieux et des époques et avec des équilibres variables soumis à diverses turbulences. Mais chaque pays a sa drogue, qu'il contrôle plus ou moins, et quand il fait la fête, l'alcool et les drogues y sont toujours invités. Ce n'est pas sans danger car il y a des individus vulnérables pour qui les drogues peuvent servir de rempart, de refuge ou de moyen d'évasion. Il y a des sociétés fragiles et des époques tourmentées, le modus vivendi d'une société avec « ses » drogues n'est jamais étranger aux péripéties qu'elle traverse.

Dans l'histoire des cinquante dernières années en France, on peut distinguer dans le rapport aux drogues trois périodes.

Doux, dur, dingue

1) Une période qu'on pourrait qualifier de douce. Dans les années 1960, les drogues euphorisantes et psychédéliques sont respectables, associées à la jeunesse, au voyage, à la liberté. Le monde est trop petit, les drogues le grandissent, dans quelques années il sera trop grand. Le chômage n'existe pas et la médecine n'est pas concernée.

2) Le choc pétrolier des années 1970 va précipiter le pays dans une période dure de chômage massif, on se drogue à l'héroïne qu'on s'injecte. Le personnage dramatique du toxicomane fait son apparition. La tolérance n'est pas de mise et la répression ne suffit pas, des structures de soin se mettent en place avec les

CSST (Centres de soin spécialisés en toxicomanie) : l'accueil est anonyme et gratuit, la prise en charge psycho-socio-éducative. Les médecins ne s'impliquent pas mais ils vont devoir bientôt le faire avec l'apparition du SIDA.

3) Les années 1990, période dingue, le toxicomane est devenu un poly toxicomane qui prend « tout ce qui passe », toutes les drogues et des médicaments. C'est aussi le temps de l'épidémie de SIDA. En 1996 les médicaments de substitution aux opiacés (MSO) font leur apparition, ils vont faire l'objet de mésusages et de trafics. Pour répondre à ces défis les soignants s'organisent en réseaux et pour faire face à l'accroissement de la grande précarité qui se donne en spectacle on crée des lieux d'accueil de rue, les CAARUD (Centres d'accueil et d'accompagnement à la réduction des risques). En 1999 c'est la naissance de l'addictologie, le toxicomane devient un malade comme les autres... ou presque.

La fin du monde connu

Les années 2020 sont les années de l'escamotage, un changement rapide et profond qui va toucher tous les individus intimement.

La mondialisation estompe les nations, les relations se dématérialisent, le sexe, l'information et la réalité même sont remis en question. Trop de repères disparaissent trop vite en même temps. Pour la première fois la santé mentale des très jeunes se dégrade. À l'école ce sont les professeurs qui reçoivent des baffes, les parents n'ont plus peur que des adultes proposent de la drogue à leurs enfants, ce sont parfois même les enfants qui en vendent aux adultes. Rien n'est sûr ni vrai, le monde connu s'efface, le monde nouveau est trop grand, l'individu se rétracte dans ses convictions et ses opinions, il ne fréquente que ceux qui les partagent, il est la seule mesure de toute chose, il ne veut pas savoir, il sait. À quoi bon un cerveau, un cœur est suffisant ; il ne reste à l'individu que ce qu'il ressent, c'est son dernier refuge, il va lui tenir lieu d'identité et devenir sacré. Dès lors, à défaut d'un sens introuvable, la cherche de sensations ouvre la voie aux drogues et le problème prend une dimension insoupçonnée. D'autant plus que les drogues sont maintenant de synthèse, diverses, abondantes et bon marché. Plus besoin de sortir pour s'en procurer. À l'abri dans son bunker ou dans sa panic room virtuelle, l'individu déprime. Envahi de soi-même on est toujours en mauvaise compagnie et la dépression a des arguments solides, elle est politiquement juste, c'est presque une posture morale alors que la joie est futile, irresponsable et désinvolte. Une forme de déni de la réalité.

Les déprimés ne détestent pas totalement leur dépression. Ils sont mystifiés par son côté radical, nihiliste. Une bonne dépression ça vous pose un bonhomme. Il y a des dépressions narcissiques. Certains peuvent vous être reconnaissants de leur arracher un sourire, une bouffée d'oxygène hélas vite dissipée, mais d'autres ne vous le pardonnent pas, c'est une brèche dans la muraille derrière laquelle ils s'abritent. Un sourire les expose, alors vite ils l'effacent et replongent dans la noirceur qui les protège. Une bonne dépression ça ne rigole pas. D'autres, au lieu de déprimer, s'agitent en essayant de rattraper les morceaux d'un monde qui se brise et se dispersent avec lui.

Les problèmes que posent les addictions et les maladies mentales qui les fréquentent assidûment dépassent largement la question sanitaire. Ils sont irréductibles à tout ce que l'on connaît, et toutes les politiques s'y cassent le nez. Néanmoins pendant ces trente dernières années une expérience précieuse a été accumulée qui permet d'en prendre la mesure, d'en repérer les contours et d'imaginer des solutions. Cette histoire est édifiante, elle se passe à Toulouse et ne concerne au début que quelques personnes. Je vous la raconte.

Pardon, je me présente

Mais avant, faisons une petite parenthèse. Pour mieux comprendre la suite il vaut mieux que je me présente. Je suis né en 1946 dans le cabinet médical de mon père, l'année où il s'est installé sur les allées Jean Jaurès, au n° 84, occupé désormais par un Sofitel, à Toulouse. En 1946, au sortir de la guerre, il n'était pas encore naturalisé et avait un accent hongrois terrible. Il parlait très bien le français, le roumain, le hongrois et l'espagnol qu'il avait appris pendant la guerre d'Espagne et se débrouillait en italien. Il avait quitté la Roumanie tout seul à seize ans, le bac en poche, avec un aller simple pour Bologne où il devait faire ses études de médecine, et une adresse qui s'avéra être celle d'une église abandonnée. « Tu reviendras quand tu seras doyen de la faculté de médecine », lui avait dit son père qui portait le monocle. Mussolini arrivant au pouvoir, il s'était réfugié en France, d'où il avait été expulsé avant de partir en guerre contre Franco dans les brigades internationales.

Nous étions dix sous le même toit, mes parents, mon frère et ma sœur, mon grand-père et une grande tante. Nievés, réfugiée espagnole, vivait avec nous avec ses deux petites filles. L'appartement et le cabinet médical se partageaient la pièce centrale qui servait aussi de salle à manger, c'est là que ma mère recevait. Elle s'appelait Madeleine, elle faisait office d'infirmière, de secrétaire, d'assistante sociale, de confidente, de marieuse à l'occasion, quand elle n'organisait pas le goûter des enfants. Le 84 était autant un dispensaire qu'une maison de quartier, la

« casa popular » disaient les Espagnols, et ils étaient nombreux. Les gens venaient passer la journée dans le bureau de ma mère, elle était populaire parce qu'elle était simple et débrouillarde (sa meilleure amie était chef d'un service à la Sécurité sociale). Elle était née à Cervione, un petit village de Corse qui surplombait la mer. À seize ans, souvent, le dimanche elle s'habillait bien, se maquillait et allait s'asseoir sur le banc de la place du village qui faisait un peu plus de cent mètres carrés, au cas où un producteur d'Hollywood passerait par là.

Plus tard sa conception du devoir maternel sera simple : faire rire ses enfants. Mon père portait le poids du monde sur ses épaules, elle le faisait danser. Aucune religion, aucune idéologie n'avait de prise sur elle. Elle était libre naturellement et elle avait beaucoup de compassion pour les hommes : « Ils font la guerre, ils perdent leurs cheveux mais doivent séduire quand même, bander au bon moment et (surtout) ils ne peuvent pas se maquiller ». Quand elle sentait venir la fatigue, elle prenait dans le tiroir de droite de son bureau un comprimé de Préludine, un coupe-faim, pour la ligne. En fait des amphétamines. Elle ne risquait pas d'en manquer : elle était mariée avec le dealer. Nievés s'occupait de mon grand-père et faisait la cuisine, elle faisait aussi la stérilisation du matériel médical. Dans les casseroles il y avait des vermicelles qui se promenaient parmi les seringues. Mais ils étaient stérilisés.

De temps à autre, en rentrant de l'école, ma mère nous alignait sur des chaises pour des représentations. Quand un patient avait un délire sympathique il était ravi de nous prendre à témoin et ma mère lui offrait un public. Parfois on applaudissait. C'étaient des situations familières, ça se passait dans la salle à manger, on trouvait ça naturel. Mon père nous expliquait que le délire c'était comme un rêve, à part qu'on était éveillé, somme toute on ne souffrait que d'un décalage horaire. Les neuroleptiques venaient à peine d'être inventés, mais allaient bientôt remettre les pendules à l'heure. L'explication de mon père nous suffisait. Elle me suffit encore, ça permet de donner aux patients qui délirent des explications simples et rationnelles à des symptômes terrifiants. Ils n'en ont pas ailleurs. « D'accord, c'est bizarre, mais il n'y a rien de fou là-dedans ! » La « casa popular » fonctionnait aussi comme un hôpital de jour.

Le boulanger avait un mitron italien, un rouquin, c'était aussi un patient de mon père. Quand on partait le matin au lycée en hiver, le jour se levait à peine. Il était là, à la porte du magasin en marcel, blanc de farine de la dernière fournée. Il était sorti se rafraîchir et tout son corps fumait, il se roulait des cigarettes, ses gros bras repliés, et chantait. Souvent de l'opéra.

En rentrant de l'école par les petites rues, on entendait la radio à travers les fenêtres ouvertes des maisons en rez-de-chaussée, c'était le « journal parlé ». Le speaker annonçait qu'il était tombé quatre-vingt-dix-neuf flocons de neige sur les Pyrénées. C'étaient quelques millimètres mais il avait mal lu, il était connu pour ses approximations (et au bar du quartier). Au son de la radio se mêlait le grésillement des persillades dont l'odeur se répandait dans la rue. L'épicière, chaque fois qu'il pleuvait, disait qu'avec la bombe atomique « ils nous avaient détraqué le temps », et tout le monde se moquait d'elle. Mon père était le médecin du quartier et de presque tous les Espagnols de la ville, avec qui il avait combattu. Plus tard vinrent les Maghrébins, et enfin les toxicos, à chaque époque ses populations fragiles. Sur les étagères, les murs et les meubles du cabinet médical se sont entassés des objets, des tableaux et toutes sortes de choses apportées par les patients au cours des années. Beaucoup de « toros » en plastique et de bouteilles d'anis en forme de toréador, des poupées sévillanes, des éventails, plus tard des babouches et des roses des sables, des dattes en branche et des mains de Fatma, des chameaux en tissu et en cuir, enfin des objets fabriqués avec des cannettes de bière, des capsules, des petits bouddhas volés aux étalages, des trucs bizarres, des tableaux et des dessins. Et une boîte de haricots verts Cassegrain : « Tenez Docteur, ils les distribuaient au cul du camion, moi je ne bois que de la bière ». Le cabinet médical et la salle d'attente racontaient une histoire qui dépassait largement celle du quartier, néanmoins toujours présente, je soigne encore aujourd'hui des grands-mères qui m'ont tenu sur leurs genoux.

Pourtant je n'avais pas la vocation, il y avait déjà quatre médecins dans la famille, il y en aurait bientôt neuf, à quoi bon un de plus. Je suis devenu médecin par imprégnation. Élevé dans une ganaderia à Séville, je serais peut-être devenu toréador. J'ai eu de la chance.

Tout à l'heure je vous parlerai de Diego.

Mais reprenons notre récit...

COMME SPERMATOZOÏDE, J'ÉTAIS TRÈS DÉGOURDI ; APRÈS C'ÉTAIT MOYEN.

Ni de vrais patients ni de vrais médecins

Dans les années 1980, l'expérience des médecins concernant les addictions se limitait à l'alcoolisme, et le seul traitement, le sevrage, était une expérience tellement décevante qu'un modus vivendi de l'« alcoolique » avec son médecin s'était établi au cours du temps, qui était un modèle du genre si l'on peut parler de modèle dans ce cas. Tout en non-dit, prudence et subtilité, c'était un art de l'esquive qui culminait avec un déni mutuel, partagé et assumé. Une forme de délicatesse qui épargnait à chacun de se confronter à son impuissance, impuissance à devenir sobre pour l'un, à guérir son patient pour l'autre, jusqu'au jour où un tiers, le plus souvent Madame, venait mettre les pieds dans le plat « Docteur, ça ne peut plus durer, faites quelque chose, il faut qu'il arrête de boire ! » Et là c'était la fin.

Le déni est toujours marqué négativement alors que, face à une situation qu'on ne peut changer, c'est une défense qui, si on ne peut la qualifier d'honorable, ne manque toutefois pas de pertinence.

Cependant, s'il y a de l'espoir, le déni ne sert plus à rien. Si une solution apparaît, que la culpabilité s'efface et qu'il y a une possibilité de réparation, vous direz trois paters et deux avés et vous serez pardonnés, tout change. La confession, dont le secret est mieux gardé que celui de la médecine, efface la culpabilité, et la punition (légère) apporte la réparation. En conséquence le pardon est accordé. Implicitement, vous pourrez même recommencer. La confession ne doit rien au hasard, c'est un métier. Deux mille ans d'expérience.

Le succès de l'addictologie repose sur le même principe de déculpabilisation (vous êtes malade), de réparation (on va vous soigner), et en prime vous avez même la possibilité, en faisant un peu attention, de continuer à boire (nouvelle politique de réduction des risques, RDR)... mais nous verrons ça plus loin.

Avec les « drogués », on ne parlait pas encore d'addictions, les médecins avaient moins de scrupules qu'avec les alcooliques, ils ne les recevaient pas ou les mettaient dehors tout simplement, jusqu'au jour où ce ne fut plus possible parce qu'ils étaient malades, indubitablement, d'une « vraie maladie » et qu'ils étaient en situation de détresse. C'est le SIDA qui a ouvert aux toxicomanes la porte des cabinets médicaux et a permis de justifier au début des années 1990 la prescription de stupéfiants. Cela ne s'est pas fait tout seul puisque cette prescription est restée illégale jusqu'en 1996 et que les péripéties furent nombreuses et variées. Cette période a vu émerger de nouvelles pratiques, notamment les traitements de substitution qui se faisaient avec les moyens du bord et dans le plus grand désordre. En quelques années les médecins ont changé. Leur représentation des toxicomanes a évolué, ils ont abandonné leur attitude défensive et se sont mis au travail. De cette expérience est née l'addictologie. Nous y reviendrons.

À l'hôpital la situation était davantage gérable, même si le spectacle d'un héroïnomane en train de se piquer dans son lit était choquant, parfois il fallait bien l'accepter, au risque de voir les patients hospitalisés s'enfuir en état de manque au bout de deux ou trois jours. Pour y remédier, la prescription d'opiacés pour les quelques jours permettait aussi d'éviter d'importer le trafic de stupéfiants dans les services. Mais pour les médecins de ville, c'était une autre affaire.

La bascule

« Ce n'était pas le premier qui me traitait de connard ou de quelque chose d'approchant et je commençais à avoir la désagréable sensation qu'ils ne pouvaient pas tous se tromper, mais si j'accédais à leur demande, là, c'est sûr, je serais vraiment dans la m... »

Les généralistes étaient réticents à s'occuper de toxicomanie car ils n'avaient pas eu de formation et donc aucune légitimité. De plus, les prescriptions se faisaient sur des carnets à souche qu'il fallait aller chercher un par un à l'Ordre des médecins avec lequel plusieurs d'entre eux étaient en conflit.

Un parcours long et sélectif attendait ceux qui s'aventureraient sur ce chemin hasardeux, et ils furent peu nombreux. Au début des années 1990, les drogues sont essentiellement des opiacés, au premier rang desquels l'héroïne. Il n'y a pas de médicaments autorisés, mais contre l'état de manque n'importe quel opiacé peut faire l'affaire. La loi autorise la délivrance sans ordonnance de codéine, un opiacé apparenté à la morphine mais moins puissant qu'il faut donc prendre en quantité. Chaque pharmacie est autorisée à en délivrer une boîte par jour et par personne, beaucoup de toxicomanes font le tour des pharmacies, ils consomment plusieurs boîtes par jour ce qui provoque de violentes démangeaisons. Comme cela ne suffit pas, ils consomment souvent du Rohypnol (flunitrazépam), une benzodiazépine.

Le RIP, c'est son surnom, est un médicament à tout faire, très utile pour la survie dans la rue, un somnifère qu'on prend le matin par petites poignées car, par un effet paradoxal, à forte dose il donne de l'énergie, d'où ses surnoms, Roi lion, Mère Courage, ou Rambo. Le RIP permet de tout faire, surtout n'importe quoi, et de tout oublier, c'est l'ardoise magique. On se retrouve, sans savoir pourquoi, en garde à vue ou aux urgences à tous les coups si on le consomme avec de l'alcool, même en petite quantité. Si on en manque, le syndrome de sevrage ressemble à s'y méprendre à un état psychotique aigu, les vols et violences dans les pharmacies sont courants, et dans les cabinets médicaux ce n'est pas mieux.

Le Rohypnol dans ses œuvres

À l'entrée du cabinet médical il y avait un vestibule, une sorte de sas entre le bureau et la salle d'attente. J'étais coincé dans cet étroit vestibule avec un Turc de belle taille qui sortait de prison. Je l'avais pris un peu de haut parce que je connaissais l'histoire pour l'avoir déjà vécue à plusieurs reprises, et ça l'avait énervé. C'était un toxicomane qui avait fait un sevrage forcé d'héroïne en prison et en était sorti sans traitement, alors qu'il avait été bourré pendant des mois de tranquillisants, c'était ce qu'on appelle une sortie sèche. À l'époque, dans les lieux d'incarcération, on ne soignait pas les patients, on soignait la prison, on était prêt à tout pour avoir le calme. Le Turc faisait donc un syndrome aigu de sevrage, il était ébouriffé et roulait des yeux de fou, Jack Nicholson dans *Shining*, en brun, et moi je ne voulais pas lui prescrire ce qu'il demandait. Passons sur les détails.

J'avais pris le Turc au collet (j'étais jeune à l'époque) et lui me tenait de la même manière, on était donc coincés, bras tendu tous les deux, dans le vestibule. Dans sa main libre il avait un cutter de chantier doté d'une large lame dont il avait sorti dix bons centimètres. « Docteur, vous avez besoin d'un coup de main ? » Un patient s'était levé mais, de là où il était, il ne pouvait pas voir le bras levé avec le cutter. « Non merci, tout va bien, je m'en occupe ». Parfois on dit de ces trucs ! Nous restâmes face à face, immobiles, pendant de longues secondes, les yeux dans les yeux. Le Turc me tenait par le devant de la chemise, mon stylo à bille Parker (vingt-deux euros) glissa de ma poche et tomba par terre. Un stylo de docteur ! Le Turc me lâcha pour s'en emparer. Il dit : « C'est à moi ! » Comme je ne voulais pas qu'il l'ait trop facile, je dis : « C'est le mien ! » Mais sans trop insister, et je le laissai partir avec sa prise et fit entrer le patient suivant.

Avec le Rohypnol cette situation n'était pas exceptionnelle, et d'habitude je m'en sortais mieux, mais là j'avais perdu patience et j'étais tombé sur un mauvais client.

Responsable aussi de situations de soumission chimique, le RIP est bientôt coloré en bleu et une nouvelle catégorie de toxicomanes au museau bleu, les Schtroumpfs, fait son apparition. Pour l'ensemble de son œuvre le RIP, rebaptisé le Pire pour l'occasion, est alors interdit... et aussitôt remplacé par un médicament de la même famille, le Rivotril, car avec l'alcool il remplissait pour les plus marginalisés une fonction de viatique, indispensable. Quand on est dans la rue depuis longtemps, ne prendre ni drogue ni alcool ni médicament n'est pas le signe d'un bon équilibre mental, seuls les fous y arrivent. L'autorisation des médicaments de substitution aux opiacés (MSO) va bientôt ramener le calme mais pour le moment, au tout début des années 1990, on n'en est pas encore là. Il faut bricoler, et en termes de bricolage les toxicomanes ont de l'avance. Les médecins vont devoir s'accrocher, surtout que, s'ils ne connaissent pas les toxicomanes, eux les connaissent bien et savent quels discours leur servir. Période mouvementée, on apprend vite, à ses dépens et à ceux des patients, on se fait peur, quelques-uns dérapent et finissent en garde à vue, parfois avec leur patient, les autres se regroupent, c'est le début des réseaux.

Comment ça se fait, Docteur, que vous ayez choisi de vous occuper de toxicomanes ?

Je n'ai rien choisi du tout, je les ai foutus dehors pendant des années jusqu'au jour où cela n'a plus été possible déontologiquement, moralement, humainement. Il fallait des raisons solides pour que des médecins (il y en a un peu partout dans les grandes villes à la même époque) se lancent dans l'aventure de prescrire de la morphine à des drogués, qui à partir de ce moment se mettent à dépendre d'eux. Je n'ai pas vraiment choisi de m'occuper de toxicomanes, j'ai l'impression qu'ils ont décidé de s'occuper de moi. L'épisode du Turc m'a un peu bousculé mais c'est celle du connard qui m'a fait basculer. Il était à la rue, séropositif au VIH, maigre, presque cachectique, et défendait bien sa cause : « Vous voyez bien comme je suis, je ne vais pas aller bien loin, vous êtes médecin ? » Je pouvais faire une exception. Mais pour lui seulement. Puis ce fut pour un autre, puis pour trois (mais pas plus), puis pour cinq (mais pas plus), puis pour dix. En quelques années j'avais une file active de plus de deux cents patients. D'autres médecins avaient fait le même parcours à Toulouse et dans d'autres villes, des « dealers en blouse blanche ».

Choupette et le Prince

On n'en menait pas large mais on savait qu'on faisait quelque chose d'important, quinze ans auparavant on avait vécu une histoire semblable avec la question de l'avortement. De nombreux militants et médecins s'étaient impliqués au sein du MLAC (Mouvement pour la liberté de l'avortement et de la contraception) en pratiquant en toute illégalité des interruptions volontaires de grossesse. L'histoire avait juridiquement bien tourné avec la légalisation de l'IVG, mais pour les « tox » on n'était sûr de rien. La cause de jeunes femmes éplorées, même si c'étaient quand même un peu des « salopes », était plus facile à défendre que celle de drogués qui ne respectaient ni père ni mère. Sauf qu'ils avaient un « atout » dans leur manche, le SIDA, qu'ils seraient bien capables de nous refiler si on ne faisait pas quelque chose.

Il fallait faire nos preuves, ne pas avoir de gros pépins et avoir de la chance.

Pour l'IVG, heureusement, nous eûmes les 343 salopes et nous eûmes Choupette.

Au ministère de la Santé où elle faisait son entrée, Simone avait été interpellée par Ponia. Debout devant le bureau du ministre au 14 avenue Duquesne, le prince Poniatowski et Simone Veil, parlaient.

« Choupette, un jour, tu verras un commando occuper ton bureau et y pratiquer un avortement sauvage : il faut agir vite ! »

Là c'était gagné.

Choupette allait faire passer la loi sur l'IVG le 17 janvier 1973, de haute lutte, mais pour l'affaire qui nous occupe on n'en était qu'au début.

Au début des années 1990, 80 % des patients dépendants des opiacés étaient pris en charge par 20 % des médecins (tous généralistes) en toute illégalité. Les réactions ne se firent pas attendre bien longtemps. En 1993, l'Ordre des médecins de la Haute-Garonne convoque la poignée de médecins généralistes qui s'était « compromise » pour leur faire part en toute confraternité des termes du code pénal concernant leur pratique, que le magistrat, par l'ordre convié, qualifiait de distribution de stupéfiants en bande organisée. Le juge ressemblait au croque-mort des bandes dessinées de *Lucky Luke*, celui qui criait toujours : « Qu'on les pende ! » Ce n'était pas bon signe. Il annonça le tarif, « cinq cent mille francs d'amende et la perpétuité ». Mais « allez-y, chers collègues ! Faites gaffe quand même ! » L'attitude de l'Ordre mérite quelques explications.

En bande organisée ? Effectivement, des réunions avaient eu lieu entre collègues et avec des pharmaciens pour confronter nos expériences et pratiques, soit le début de ce qui allait être un réseau qui, de toulousain, allait devenir départemental puis midi-pyrénéen, et enfin s'étendre à toute l'Occitanie. On reviendra sur le rôle des réseaux aujourd'hui.

« Allez-y, chers collègues ! » On était entre connaissances qui avaient un vieux contentieux. En effet, la plupart des médecins convoqués ne payaient pas leurs cotisations à l'Ordre auquel ils reprochaient son acte de naissance sous Vichy et son attitude pendant la période de lutte pour la contraception et l'avortement.

Comme l'Ordre était conscient de ne s'être pas brillamment illustré dans cette histoire, il faisait profil bas.

« Mais faites gaffe quand même ! » En cas de coup dur, un décès, une plainte, ils n'hésiteraient pas à nous tomber dessus. On était averti ! Et même si on avait souvent la désagréable impression de manipuler de la dynamite, on se sentait libérés. Néanmoins, la nécessité de s'organiser et de trouver des alliés devenait impérieuse.

À Paris, il y avait Jean et Olive

Jean, c'était le Dr Carpentier. Rue de Charenton, près de la place d'Aligre où il avait son cabinet, qu'il partageait avec Clarisse. Il était très populaire et très investi dans les activités du quartier, dont lui et Clarisse étaient souvent les promoteurs. Mon cabinet était un musée garni des œuvres et cadeaux des patients, le sien était chaleureux, la salle d'attente ressemblait à une salle de bistrot, on s'y sentait bien. Exclu du parti communiste puis réintégré (il faut le faire !), en conflit avec l'Ordre des médecins, toujours sur plusieurs fronts. Écrivain et gavroche. Jean était un vrai titi parisien. Dans le journal du lundi on annonçait son procès pour le lendemain. À lire l'article, Carpentier c'était Escobar. Je repliai le journal, enregistrai un message pour avertir de mon absence et mis un mot sur la porte pour informer que je restais joignable au téléphone et partis vers la gare, à dix minutes à pied. L'avocat de l'Ordre s'acharna tant et si bien sur Jean qu'il fut condamné. Mais la partie n'était pas finie. Jean s'y attendait, il fit appel. La suite réserva des surprises.

À l'hôpital Marmottan, le Pr Olievenstein et son équipe jetaient les bases d'une clinique des toxicomanies. « Il n'y a pas de drogués heureux », disait « Olive », qui faisait de la question existentielle le cœur du problème. Les traitements opiacés accusés d'étouffer « le cri du toxicomane » n'étaient pas recommandés (c'est un euphémisme). Pour les CSST, le but du soin se résumait à l'abstinence, et les moyens étaient au nombre de deux : sevrage et psychothérapie d'inspiration analytique.

De médicaments de substitution, il n'était pas question, mais le temps du compromis était venu.

Revenons à Toulouse. En 1994, à l'hôpital J Ducuing, les CSST toulousains et les médecins généralistes du MUID (groupe de recherche généraliste) fondent le Réseau Ville-Hôpital-Toxicomanie « Passages ». Les médecins prescripteurs de l'« opium du peuple » et les disciples de Sigmund Freud se retrouvent au sein d'une même association et ils ont des conceptions diamétralement opposées du soin. C'est cette contradiction, le « péché originel » du réseau, qui va lui donner toute son énergie. S'ouvre une période de discussions animées dans les « cercles cliniques » et les soirées-débats. Les CSST reprochent aux médecins de ne pas assez leur orienter de patients, vers de « vrais » soins, et les médecins reprochent aux CSST de les considérer comme de simples distributeurs d'ordonnances (clin d'œil de l'histoire, ils finiront, comme moi, presque tous leur carrière comme addictologue dans les CSST), bref on s'engueule mais on travaille. L'hôpital J Ducuing, très investi dans la lutte contre le SIDA, est partie prenante du réseau. Il accueille les réunions publiques de l'association dans la « salle des guérilleros ». Depuis le début, l'histoire de la prise en charge des addictions a été marquée par l'engagement militant et l'hôpital J Ducuing est un ancien hôpital militaire fondé par des républicains espagnols, les guérilleros défaits par les troupes franquistes.

Reconnaissance des réseaux

Enfin, en 1994 la Direction départementale des affaires sanitaires et sociales (DDASS) décide de reconnaître le Réseau Ville-Hôpital-Toxicomanie : « RVHT Passages ». C'est un réseau de professionnels du secteur médical et médico-social horizontal et égalitaire qui s'invente au fur et à mesure. La question addiction ou addictologie (même si l'addictologie n'existait pas encore) était posée, et de façon triviale mais néanmoins savoureuse. En effet, pour la reconnaissance officielle et le budget afférent, « Passages » avait un concurrent... universitaire.

Un réseau hospitalier de spécialistes qui désiraient se réserver l'exclusivité de la prescription du Subutex et vers lequel les médecins généralistes, pas assez compétents, devaient orienter leurs patients. Le réseau hospitalier, vertical, s'appelait « Permettre », en un seul mot, le nôtre s'appelait « Passages », en un seul mot aussi. Je ne l'ai pas inventé.

En 2025, on se regarde encore de travers ou on s'ignore. L'affaire ville vs hôpital n'est toujours pas réglée.

« Passages » édite les « Règles de bonnes pratiques », et comme ce réseau rassemble quasiment tous les professionnels concernés par les addictions et leur offre régulièrement l'occasion de se rencontrer et de confronter leurs expériences, tout le monde se connaît. Les recommandations sont écoutées et suivies. Nous avons donc à Toulouse un réseau important et divers, fait de gens de terrain, expérimentés et motivés, bénéficiant d'appuis institutionnels sur une ville de taille raisonnable et assez concentrée. Bref, les conditions d'une expérience grandeur nature.

Le réseau, qui changera de nom plusieurs fois en s'agrandissant et en s'ouvrant à d'autres problématiques addictives, s'inscrit dans l'histoire… et la préhistoire des addictions. En effet, l'ANIT (Association nationale des intervenants en toxicomanie, fondée en 1970) est l'ancêtre de la Fédération Addiction, missionnée pour la prise en charge (anonyme et gratuite) des toxicomanes et la Société française de tempérance – dont la création cent cinquante ans plutôt, en 1870, doit beaucoup à un certain L. Pasteur – est l'ancêtre d'Addictions France, qui a le monopole de la prise en charge des « alcooliques ». Ces deux associations font déjà ou feront bientôt partie du réseau. Il y aura quelques frictions car malheureusement il existe des alcooliques qui prennent des drogues et des toxicomanes qui boivent.

En 1996 sous le nom de Subutex, un opiacé de synthèse (la buprénorphine) est enfin mis sur le marché. C'est le premier médicament de substitution des opiacés autorisé sur le territoire et une innovation : la France va servir de terrain d'essai.

Pr Schwartzenberg et Dr Kouchner

Le nouveau ministre de la Santé, Bernard Kouchner, charge le fraîchement condamné Dr Carpentier de diffuser son expérience aux médecins généralistes. Enfin consacré pour l'ensemble de son œuvre, Jean prend sa sacoche et fait le tour de France. Il fallait un ministre pour enfoncer le clou officiellement, comme Simone Veil l'avait fait plus d'une décennie auparavant pour l'IVG. Cette dernière étape demandait du courage et du savoir-faire politique. Avant Kouchner, le Pr Schwartzenberg y avait laissé sa peau de ministre, vidée au bout de neuf jours pour avoir seulement évoqué la question.

L'histoire du Subutex est édifiante puisque la molécule, la buprénorphine, était déjà connue sous le nom de Temgesic : le médicament le plus utilisé par les médecins sur les « conseils », on peut le dire comme ça, des toxicomanes. En effet, pendant cette période, qui a duré quelques années, les médecins ont appris des drogués ce qu'ils ne pouvaient apprendre que d'eux. Sous réserve de savoir les écouter et de leur faire confiance. C'est dire si l'on partait de loin ! Mais avec le temps cela s'est fait naturellement. Le Temgesic antalgique morphinique de synthèse était très utilisé comme traitement de substitution de fortune, mais présentait un défaut, sa courte durée d'action et son dosage faible. À condition d'en prendre suffisamment il compensait bien le manque d'héroïne. Vingt comprimés par jour, soit une boîte, c'était en général la dose maximum que les médecins s'autorisaient à prescrire. Or le Temgesic ce n'était rien d'autre que de la buprénorphine, en augmentant son dosage (× 20 en moyenne) et en allongeant sa durée d'action, on obtenait le Subutex. La longue durée d'action comblait le manque sur plus de vingt-quatre heures, mais l'effet drogue disparaissait, ce qui faisait de cette morphine un bon médicament mais une mauvaise drogue. Et cela ne serait pas sans conséquences.

Le Subutex, comme tous les médicaments utilisés dans les addictions, a commencé sa carrière dans la rue, où les « chercheurs » se comptent par milliers. Infatigables et motivés, ils ne prennent pas de congés, ignorent les week-ends, essaient tous leurs produits et finissent par faire des découvertes qu'ils proposent aux médecins, qui disent d'abord non puis oui pour certaines, qui seront ensuite validées par l'expérience, puis fabriquées dans les laboratoires et reviendront dans la rue sous un autre nom. En 1996 le Subutex a été inscrit au tableau d'honneur de la prestigieuse revue *Prescrire*. Distinction dont la revue, connue pour sa rigueur, est avare. Tous les médicaments que la médecine a proposés aux toxicomanes ont fait cette boucle pour sortir de la rue avant d'y retourner sous un autre nom. Pour rattraper le retard français sur les addictions, la buprénorphine a été proposée aux généralistes en première intention, c'était possible parce que, contrairement à la méthadone, le risque d'overdose était très faible.

En 1996 toutes les conditions étaient réunies pour s'attaquer, dans l'agglomération toulousaine, au problème des addictions.

Action !

Une étude de terrain à l'échelle d'une ville

Dès la mise sur le marché du Subutex, le nombre de patients qui en bénéficient croît rapidement. D'autres médicaments n'ont plus de raison d'être. Dans le réseau Passages, on décide de limiter la prescription de médicaments dangereux, des sulfates de morphine (Skenan) et surtout des benzodiazépines (Rohypnol), qui ne seront retirés du marché que cinq ans plus tard. L'héroïne étant par ailleurs peu répandue dans la région, et de mauvaise qualité, le réseau réduit de façon drastique la disponibilité des produits susceptibles de procurer des effets « intéressants ». Mais la pénurie provoque l'augmentation du prix de rue de ces produits à Toulouse, créant un microclimat favorable au marché des stupéfiants. Les « patients » d'autres départements viennent revendre du Subutex et d'autres stupéfiants, un tourisme commercial se développe aux abords de la gare, insuffisant cependant pour répondre à la demande. En raison de la pénurie de drogues, les usagers de stupéfiants se rabattent sur le Subutex puisque la méthadone, prescrite avec parcimonie, est réservée aux centres spécialisés. Mais le problème du Subutex, c'est qu'il est nul comme drogue et que, de surcroît, il annule de manière durable l'effet de l'héroïne. Les drogués ne lui disent pas merci car de fait, sous Subutex, le toxicomane se trouve « guéri ». Or quand on mène la vie affairée de toxicomane toujours en train de courir après quelque chose et que tout à coup ça s'arrête, si on n'a pas un plan B on retourne vite à ses habitudes. Et on s'adapte comme on peut. Plus que tout autre, le Subutex va être détourné de son usage, revendu, échangé, sniffé, fumé, mais surtout injecté, pour essayer d'en tirer un effet. Or les comprimés de Subutex contiennent des excipients insolubles (de l'amidon notamment) qui bouchent les veines, provoquant des abcès et des nécroses cutanées virulents, de volumineux œdèmes des mains très disgracieux (mains de Popeye) que les patients dissimulent sous de longues manches qui ne laissent dépasser que leurs doigts. Du matériel d'injection adapté, des filtres, des cotons, des pailles, des tampons alcoolisés, du sérum physiologique, des kits pour sniffer et pour injecter sont distribués, toute une quincaillerie fait son apparition et tous ceux qui le veulent « passent » rapidement sous méthadone (qui n'est pas injectable, croit-on). On propose des gantelets de compression, des mitaines, qui sont assez efficaces. En quelques années les mains de Popeye disparaissent. Peu de patients continuent à s'injecter le Subutex et ceux qui se l'injectent ont appris à le filtrer et à se l'injecter proprement. Mais ils ont aussi appris à s'injecter de la méthadone. D'autres la sniffent.

« Docteur Shopping »

Le Subutex devient l'objet d'un trafic intense, les patients font le tour des médecins : de nouveaux « visiteurs médicaux » apparaissent et visitent plusieurs médecins par semaines. Pour remédier à cette situation, le comité de suivi des traitements de substitution de la Haute-Garonne, instance officielle qui réunit à la DDASS les acteurs du réseau et les institutionnels, organise par l'intermédiaire du service médical de la CPAM, avec l'aval de la CNIL, le contrôle des prescriptions. En deux ans plusieurs centaines de patients sont reçus (avec tact et considération) par le médecin-conseil chargé de cette mission. Le taux de détournement du Subutex s'effondre sans que l'accès aux traitements soit affecté. Cette année-là, la Cour des comptes cite l'expérience de la Haute-Garonne comme un exemple à suivre. Cela ne plaît pas à tout le monde : la baisse des ventes locales de Subutex (- 26 %) ne réjouit pas les labos, la « surveillance » des patients offusque les « intervenants » et la Caisse nationale passe pour négligente. L'expérience est dénoncée et une enquête parlementaire est menée. C'est la fin du comité. En quelques mois le prix du Subutex de rue va s'aligner sur celui des autres départements et le Skenan va reprendre des parts de marché. Pour le réseau, à l'échelle de la Haute-Garonne, c'est une défaite, mais rien ne sera plus comme avant, toutes les Caisses vont être obligées de mettre en place un protocole « antidérive » calqué sur le modèle toulousain.

Peu de temps après, le réseau va être missionné pour étendre ses compétences à l'alcool et à l'ensemble des addictions, c'est un changement d'échelle considérable. Et, dans un accès d'euphorie, la DDASS nous demande d'encadrer les prises en charge ambulatoires en constituant, au titre du réseau, un parcours de soin centralisé et dûment balisé « comme pour les malades d'Alzheimer ». Ce qui mettra le réseau en concurrence avec ses propres membres (CSST) qui ont chacun leur file active et s'avèrera inadapté. On joue le jeu pendant un an puis on laisse tomber.

Enfin, quand tout semble être stabilisé, les « toxicomanes » décident de changer de drogue, la cocaïne devient, après le cannabis, la première drogue consommée. Drogue d'élite réservée jusqu'ici à des populations privilégiées, elle devient en quelques années, sous forme de crack notamment, une drogue de rue violente et bon marché capable de faire en « trois mois les dégâts que l'héroïne faisait en trois ans ». Le cannabis, de son côté, monte en degrés de THC et les drogues de synthèse apparentées aux amphétamines, les cathinones, la kétamine, le protoxyde d'azote, etc., prennent une place de plus en plus importante. Les addictions englobent bientôt les jeux d'argent et les écrans et, pour aucune de ces nouvelles addictions il n'y a de médicaments, pas plus que de médecins d'ailleurs puisque le docteur ne « prend plus de nouveaux patients » et que dans les services d'addictologie les délais d'attente sont prohibitifs.

Quelles leçons ?

Le comité de suivi a pu accompagner en temps réel toutes les évolutions et même anticiper certains problèmes de plusieurs années, de nombreuses mesures ont montré leur efficacité, la violence a presque disparu des pharmacies et des cabinets médicaux. Les contaminations par le SIDA et les hépatites ont diminué plus que dans les autres catégories de population, les morts prématurées par overdose aussi. Pour autant les médecins trouvent le temps long et partagent un fort sentiment d'impuissance, car désormais ils voient mourir des patients qu'ils ne voyaient pas quand ils ne les soignaient pas. Avant, les overdoses, c'étaient des faits divers qui ne les concernaient pas, à présent les « drogués » meurent moins, mais dans plus d'un cas sur deux, les autopsies montrent la présence de méthadone, qui tue maintenant deux fois plus que l'héroïne, et on trouve régulièrement des boîtes de médicaments dans le squat ou l'appartement. Suicide, overdose, accident dû aux mélanges ? De quoi meurent-ils exactement ? C'était la plupart du temps impossible à dire.

On appelait ça les « morts merdiques ». On les voyait venir, ça commençait par des passages répétés aux urgences, des patients isolés, souvent alcoolisés. Pour mobiliser l'attention des professionnels, le réseau avait mis en place un système d'alerte, ces morts annoncées étaient des morts évitables. Les patients étaient informés qu'on se faisait du souci pour eux, qu'on en avait parlé, on prenait des nouvelles de façon rapprochée, les pharmaciens délivraient les traitements à la semaine, parfois au jour le jour. Ce « protocole » de vigilance et de protection est resté très localisé et dépendant d'initiatives individuelles. C'était du bon travail et ça ne coûtait rien.

Il y avait moins de morts, moins de malades, mais pour autant le nombre d'addictions ne semblait pas se réduire. Il y avait plus d'entrées que de sorties, les drogues, les pratiques évoluaient, les addictions se chronicisaient, tout allait mieux mais au fond rien ne changeait. L'expérience toulousaine a démontré clairement que si on pense réduire le problème des addictions à l'addictologie, on risque seulement de tourner en rond sans trouver la sortie. La répression est logée à la même enseigne, insuffisante et nécessaire.

Le paradoxe de l'addictologie

Les passions

Mais au fait, qu'est-ce que cette spécialité médicale, miraculeusement apparue à la fin des années 1990, qui a pour objet une maladie nouvelle, étonnamment extensive, l'addiction ?

« Inclinaison violente et exclusive vers un objet, elle s'oppose à la raison et à la volonté et persiste malgré les dommages et la souffrance qu'elle cause. » On en est prisonnier.

Bien ! C'est une belle définition mais ce n'est pas la définition de l'addiction, c'est la définition de la passion. En anglais « addicted to » se traduit aussi par « avoir la passion de », « adorer ». L'addiction ne serait donc que la version médicalisée de la passion. Racine, dans *Phèdre*, en fait la démonstration avec plus de trois cents ans d'avance. Phèdre s'est prise d'une passion coupable pour son beau-fils Hippolyte. Bien qu'elle l'ait éloigné, un jour elle se retrouve en sa présence, et s'en confie à Œnone :

J'ai revu l'ennemi que j'avais éloigné
Ma blessure trop vive aussitôt a saigné
Ce n'est plus une ardeur dans mes veines cachée
C'est Venus tout entière à sa proie attachée.

En quatre alexandrins Racine nous livre un traité d'addictologie. Nous sommes en 1677, on n'a pas fait mieux depuis. Racine montre la force de la dépendance, le sang, la douleur, les veines et la puissance de la mémoire, chère aux neurobiologistes (et à Proust aussi), qui, réveillée par la vue de « l'objet », rouvre les anciennes blessures qui se mettent à saigner. Il s'agit bien de passion, ce qui au passage est plutôt rassurant pour la médecine. Car s'il s'agit d'amour, cela explique bien des choses et l'honneur de la médecine est sauf. Ce serait au contraire son efficacité qui poserait un problème. Un remède à l'amour ? Et puis quoi encore ! Ce n'est pas une maladie.

La connaissance du cerveau, des mécanismes du plaisir et de la dépendance a eu un impact sur la représentation des addictions, confirmant le lien aussi réel que mystérieux entre le psychisme et le soma, mais n'a pas été d'un grand secours pour la clinique. Cette connaissance n'a débouché sur aucune avancée significative concrète en termes de médicaments. Il y a loin de la théorie à la pratique. Même notre capacité à identifier, voire synthétiser et fabriquer les différents neuromédiateurs (dopamine, noradrénaline, sérotonine, ocytocine, endorphine) ainsi que la connaissance des voies et des systèmes régulateurs n'ont pas débouché sur une psychopharmacologie cliniquement opérationnelle. C'est ce que je crois.

Mais d'autres vont plus loin.

Dans le monumental *Traité d'addictologie* de Michel Reynaud, un ouvrage de poids (2.457 kg) qui rassemble les articles des meilleurs spécialistes de neurobiologie, on peut lire : « Les hypothèses fondées sur les neurones à dopamine, au premier plan durant des années, sont à juste titre discréditées en raison de leur simplisme et du fait que ces transmissions n'interviennent que dans les premiers stades de l'intoxication et très peu dans la dépendance proprement dite… » Ces lignes, écrites en 2006, sont restées lettre morte. En l'absence d'une alternative, la pensée ayant horreur du vide, on reste sur les acquis même s'ils sont dépassés. On continue à invoquer la dopamine et des modèles neurobiologiques qui ont du plomb dans l'aile comme si c'étaient des perdreaux de l'année.

Les neuromédiateurs sont beaucoup plus sensibles aux mots qu'aux médicaments dont on dispose. Un « Je t'aime ! » fait bondir le taux des endorphines et « Je ne t'aime plus, je te quitte ! » fait s'effondrer celui de la sérotonine. Le premier guérit la dépression d'un coup, le second peut tuer de la même manière. C'est la « biologie des passions ». Le neurobiologiste Jean-Didier Vincent en avait fait le titre d'un livre.

En résumé, on peut dire que l'addictologie est une escroquerie sur le plan intellectuel, une escroquerie sympathique mais une escroquerie tout de même : faire passer une chose pour une autre n'a pas d'autre nom. C'est aussi un ectoplasme sur le plan scientifique. Néanmoins c'est une formidable innovation sur le plan sanitaire, car au fil des années elle a amené vers le soin des dizaines de milliers de personnes jusque-là stigmatisées et marginalisées, ivrognes, délinquants, drogués qui, par la magie d'un mot, ont accédé au statut de malade et pour ces nouveaux malades il y eut de nouveaux médecins, les addictologues. Une injustice fut enfin réparée, certes l'addictologie n'existe pas mais c'est vraiment bien d'y avoir pensé. Soyons beau joueur et pour la clarté de l'exposé (et par commodité) nous ferons comme si elle existait et que les addictions étaient des maladies comme les autres. La cause est trop avancée pour revenir en arrière. Mais nous n'en pensons pas moins. Cependant l'« addictologie » ne pouvait pas tenir sa généreuse promesse. Le champ des addictions est trop vaste et leur nombre trop grand pour que la médecine puisse seulement prétendre faire le poids contre elle.

Car si l'on additionne les problèmes liés à l'alcool, au tabac, aux médicaments, au cannabis et aux autres stupéfiants, aux écrans et aux jeux d'argent en France, le nombre de personnes concernées directement ou indirectement par les addictions dépasse largement le nombre d'habitants (il y a des cumulards). L'addictologie a cru lever un lièvre mais c'était un éléphant. Un éminent professeur d'addictologie un peu fatigué avait même dit avec gravité qu'il fallait déclarer les addictions « grande cause nationale ». On manque sans doute d'une grande cause mais ce ne peut pas être l'addictologie. On en reparlera.

Les addictions posent le problème du sens, dont les addictologues n'ont que faire, car ils sont unanimement convaincus que les addictions sont des maladies. On ne va pas chercher le sens de la grippe ! S'ils se trompent, et ils se trompent, non seulement aucun d'eux ne pourra jamais guérir une addiction (ce que tout le monde sait déjà) mais on peut même dire que, parfois, la consultation avec un addictologue n'est pas le moindre des malheurs qu'un drogué peut rencontrer dans sa vie, car beaucoup d'addictologues partagent avec leurs patients la même illusion sur les produits qu'ils prescrivent. Une addiction, c'est à coup sûr pathologique (passion a pour racine *pathos*), mais il ne faut pas en faire une maladie, une maladie répond à des critères que les addictions ne présentent pas. Toute maladie se définit par une cause, des symptômes, des signes cliniques et paracliniques, une évolution, un pronostic et un traitement. Les addictions, elles, débordent de toutes parts.

Est-ce à dire que les addictologues ne servent à rien et que les addictions ne guérissent jamais ? Bien sûr que non, mais si la question du sens est centrale et qu'elle n'est ni de leurs compétences ni dans leurs attributions, il va falloir chercher ailleurs. Nous verrons ça plus loin, posons-nous pour l'instant une question plus importante : « Est-ce que Christophe Colomb se droguait ? »

Est-ce que Christophe Colomb se droguait ?

C'est une question à laquelle tout addictologue qui se respecte devrait sans hésiter répondre : « Vous ne croyez pas qu'il avait autre chose à faire ? »

C'est vrai, une addiction ne laisse, par définition, la place à rien d'autre d'un peu conséquent. Découvrir l'Amérique cela demande de l'énergie, de la constance et une inébranlable détermination car on n'est même pas sûr qu'elle existe. Découvrir l'Amérique c'est une parabole du destin de l'être humain : pour aboutir à soi, par où faut-il aller ? C'est où l'Amérique ? Et est-ce que seulement j'existe ? Si la question du sens n'est pas posée et qu'on n'a nulle part où aller, la porte de sortie des addictions reste fermée et on tourne en rond.

Le cercle est magique. À quoi tu tournes ? disent les toxicomanes, c'est la seule manière de bouger en restant sur place. L'habitude nous enferme dans un cercle, le même que celui que le sorcier trace autour de l'officiant pour le protéger des esprits maléfiques, le bracelet, le collier, la couronne ou l'anneau protègent celle ou celui qui le porte, sur le champ de bataille on se met en cercle pour résister, seul on se roule en boule comme un hérisson, un animal captif tourne en rond dans sa cage comme les mauvaises idées dans la tête. Les planètes, les gouttes d'eau, les bulles, tout est rond. Nous vivons sur une boule. Le cercle est la forme ultime, la garantie de la stabilité et de la durée, et pour notre organisme de l'homéostasie.

Et le Comte de Monte-Cristo ?

Non, il ne se droguait pas, il ne pensait qu'à s'échapper. Et puis il aurait eu du mal.

Chaque homme est le héros d'un roman qui lui reste à écrire, ce qui s'appelle vivre, et à la fin il meurt, mais avec les drogues c'est différent, l'histoire est toujours la même, ce sont les drogues qui l'écrivent. Celle à laquelle un homme croit, celle qu'il se raconte n'appartient qu'à lui, elle pourra l'emmener aux meilleures comme aux pires extrémités, rien ne résiste à une bonne histoire, n'importe quel mythomane vous le dira. Cette question n'est pas de la compétence des professionnels de santé, encore que le Pr Olievenstein, lui, s'en souciait. Mais elle compte plus que tout. Que les addictologues l'ignorent, soit, mais c'est de leur responsabilité de ne pas l'écraser sous les questions, par ailleurs légitimes, de santé ou de réduction des risques. Aucune addiction n'a de prise sur celui ou celle qui a trouvé ou retrouvé une bonne histoire et qui y croit suffisamment. « Nous sommes faits de l'étoffe de nos rêves », écrivait Shakespeare, aucune prison ne peut nous retenir enfermés.

Mais tout le monde ne peut pas découvrir l'Amérique ou s'évader du château d'If. On fait comme on peut.

Je vous invite à ma consultation

Adrien[1], M. Roux, Grégoire, le Christ, Diego et Mme X sont dans la salle d'attente.

M. Adrien ne dort pas, il boit

Adrien avait tout oublié sauf de boire, et peignait toute la nuit des aquarelles en buvant du vin rouge, toujours un peu les mêmes : des corps et des textes manuscrits entremêlés, des couleurs vives et gaies. Quand le jour se levait il rangeait son matériel et allait se coucher en laissant sur la table, à côté de sa peinture, un petit mot pour son amie. À soixante-dix balais Adrien restait un romantique, un homme plutôt petit qui regardait trop haut, ivre il rattrapait le niveau. L'alcool élevait son esprit comme le verre qu'on lève pour trinquer. Ivre, il avait de la densité, il était lucide et vivant et il s'en foutait et il avait du style et il n'avait plus peur ! Même ivre mort, couvert de blessures et de boue, jusque dans le caniveau, martyr de la condition humaine, il en était un héros. Pour le moment je n'avais rien de mieux à lui proposer.

---

1. Les prénoms et les patronymes ont bien évidemment été changés.

M. Roux deux paquets par jour

– C'est un Van Gogh... Tenez, je vous l'offre.

– M. Roux enfin... c'est gentil, mais ce n'est pas un Van Gogh.

– Mais si je vous l'assure, je le sais bien c'est moi qui l'ai fait ! Et j'en ai d'autres, je peux faire tout ce que vous voulez, regardez, j'ai le catalogue, regardez, par exemple, un Pissarro, j'ai toutes les époques et celui-là, c'est un tableau de maître, je l'ai fait pour l'avocat qui m'a aidé lors de mon divorce, je l'ai recopié. Il figurait sur le couvercle d'une boîte de chocolats que je lui avais offert. La dame sur la balançoire, c'est un tableau ancien.

Parmi ceux qui avaient fait la guerre d'Algérie, Roux était celui de mes patients qui s'en sortait le mieux. Il posait sur la photo avec sa casquette de brigadier-chef et son tricot de marin à l'ombre d'un palmier dans le désert, la réplique parfaite du Douanier Rousseau. Depuis qu'il était mythomane tout lui réussissait et il était souvent heureux. Un bon choix. M. Roux ne parlait jamais de l'Algérie, mais une fois il m'a parlé de la guerre de Jacques.

Tous la redoutaient mais Jacques avait devancé l'appel, il était allé au-devant, comme un animal attiré par l'odeur du sang. Il ressemblait à cette guerre, qui n'avait pas de nom et qui n'aurait pas de monuments, et qui allait passer sous le tapis de l'histoire mais ne finirait jamais. Les conscrits en revenaient comme des étrangers, cette guerre n'avait laissé de survivants que de jeunes hommes aux yeux vides et tourmentés, pleins à ras bord de terribles secrets. Quand il quitta l'Algérie, Jacques ramena la guerre avec lui, il la poursuivit pour son propre compte, pour le meilleur et pour le pire, d'instinct il l'avait épousée.

Mais de sa guerre à lui, Roux n'a jamais parlé.

M. Grégoire ne s'est jamais drogué

Mais si, à quatre-vingts ans passés, il est sous méthadone comme un vieux junkie qu'il n'a jamais été, c'est pour ses enfants. Il les a élevés seul, il est veuf, épicier, et ses deux grands dadais ont fait la java trop longtemps. Pour ses quatre-vingts ans il a sifflé la métha de ses deux turbulents quinquagénaires avec le champagne et le gâteau d'anniversaire. Leur signifiant par là que la fête était finie et que c'était à leur tour de s'occuper de lui. Somme toute un acte de transmission héroïque. Il en a guéri deux d'un seul coup. Pour Grégoire la question du sevrage ne se posait pas.

Un visiteur

J'avais juste le temps de prendre un repas au Jaurès quand on sonna à la porte. Un grand jeune homme mince dans la trentaine, un visage hiératique avec de beaux yeux bleus et un collier de barbe en broussaille était debout dans l'entrée qui l'encadrait comme dans un tableau. Il se dégageait de sa personne une grande sérénité, il était pieds nus. Le Christ !

Il consultait pour obéir à son père, mais il se sentait parfaitement bien et ne demandait rien. Il répandait autour de lui une forte odeur de cannabis.

Je reçus quelque temps après le père qui suivait à la trace son fils depuis plusieurs mois à travers toute la France.

– Docteur, que pensez-vous de mon fils ?

– Il est impressionnant... L'image de la bonté !

– Il veut la paix sur terre.

– Il me l'a expliqué.

– Rien ne le met en colère.

– C'est vrai, il est venu me consulter simplement pour vous fairc plaisir.

– Oui, pour lui tout va bien !

– C'est ce qu'il m'a dit aussi.

– Mais il marche pieds nus.

– Comme Jésus, et il a le même âge.

– Vous ne trouvez pas qu'il lui ressemble ?

– Oui, c'est troublant... c'est l'air qu'il a !

– Vous n'avez pu rien faire ?

– J'ai lavé ses pieds et fait des pansements, il avait de petites plaies à force de marcher pieds nus.

– C'est le monde à l'envers !

– Je ne vous le fais pas dire.

Quelques semaines plus tard Jésus était aux urgences de l'hôpital Saint-Anne à Paris ; des gens l'avaient battu.

Le psychiatre des urgences que j'ai eu au bout du fil voulait un diagnostic. Je lui ai dit que c'était le Christ.

Diego sin miedo

Diego était venu me consulter parce que j'avais, à l'époque, sinon une mauvaise réputation du moins la réputation de quelqu'un qui se moquait de la réputation qu'il avait et avec qui on pouvait faire affaire, et c'est exactement ce que j'étais.

Il voulait des tranquillisants, qu'il prenait à forte dose, et je m'apprêtais à lui servir un discours bien rôdé, sans appel. J'allais faire de lui un petit paquet et le renvoyer rejoindre ses pénates. Quand on bosse en centre-ville, sans rendez-vous, qu'on est quasiment ouvert sur la rue, sans filtre, il faut être très clair d'emblée. D'autant plus que, quand je partais en vacances, une collègue blondinette toute fine, Corinne, prenait le relais et recevait, en plus de la sienne, toute ma clientèle. Elle avait elle aussi la manière, pas dans le registre matamore, mais elle était d'une redoutable efficacité. Je ne pouvais tout de même pas lui refiler des méchants, alors je faisais une sélection, quoique pas toujours en finesse.

La suite ? Diego, je l'ai reçu trois quarts d'heure et je lui ai prescrit tout ce qu'il voulait, ou presque !

Diego Romero Ibanez était connu à Séville et dans toute l'Espagne sous le surnom de Diego, el Chico sin miedo (le petit garçon sans peur), il était toréador et depuis un an c'était le torero à la mode et il n'avait que vingt ans. S'il venait se soigner à Toulouse c'était pour rester incognito. Il me raconta son histoire. Quand on naît entre Cordoue et Séville dans une Finca célèbre au milieu des Miura et qu'on est le fils du patron, le destin n'offre que peu de choix. Or le destin de Pablo ne s'accordait pas à son tempérament, c'était un jeune homme sensible. Il se prêta naïvement au jeu, ses coaches disaient qu'il avait du talent, « le petit était prometteur ». Diego était doué au maniement de la cape et pour le moment il s'amusait bien. Tellement bien qu'un jour il se retrouva dans l'arène face à un vrai taureau, pas une vachette, un Miura comme celui qui avait tué Manolete.

Pour ne pas décevoir il fit face, et comme il était jeune et brillant le succès arriva tout de suite. Cependant c'était au-dessus de ses forces, il n'était encore qu'un enfant. Il commença à prendre des médicaments. Il toréait avec désinvolture, avec un profond mépris du danger, comme s'il s'en foutait. Chez les afficionados il était très controversé, ce qui ne faisait qu'accroître son succès, il toréait plusieurs fois par semaine, se rendant d'une arène à l'autre en hélicoptère. La rançon du succès. Il rapportait beaucoup à ses patrons qui le pressaient comme un citron, la saison des corridas ne dure que six mois. Ce qui devait arriver arriva. Au mois d'août un taureau l'envoya voler deux mètres au-dessus de ses cornes, il retomba et resta au sol sans bouger. On le croyait mort.

Mais seulement dix minutes après qu'on l'eut évacué, le chirurgien sortit du bloc chirurgical de l'arène et alla annoncer à ses proches : « Il est sain et sauf, il n'a rien, il dort ».

Une autre saison allait commencer et Diego ne voyait pas comment se sortir de cette situation. Il ne se sentait pas d'affronter tout le monde et de dire « j'arrête », pas plus que de retourner dans l'arène pour risquer sa peau. « Ce n'est pas un métier ! »

Ça ne l'a jamais été. Les corridas se déroulent dans des arènes qui ont plus de deux mille ans, ça n'a rien à voir avec un spectacle, c'est un rite païen pour mettre la mort en scène et l'apprivoiser, si un torero ne meurt pas de temps en temps, l'exorcisme ne marche pas. Le torero ne signe pas pour donner un spectacle, le contrat stipule qu'il doit tuer. Le « taureau », bien sûr ! Mais si c'est lui qui meurt, c'est la cerise sur le gâteau. Diego en était à ce stade de la réflexion et ne se sentait pas l'âme sacrificielle, il avait un peu l'impression de s'être fait avoir, comme une fille qu'on a mise sur le trottoir.

Un sevrage, une hospitalisation, une psychothérapie ? Ou alors tu dis à tes parents que tu es homo, que tu as une peur bleue des taureaux et que tu as toujours rêvé d'être danseuse à l'Opéra de Paris. Tu gagneras du temps. La psychothérapie c'est eux qui iront la faire. Et tu pars en vacances.

Qu'est-ce que tu en dis ?

Et Mme X

Je sais qu'elle boit, elle sait que je sais qu'elle boit et je sais qu'elle sait. On en sortira comment ? C'est une femme de caractère, toujours bien apprêtée, élégante, courageuse, mais il y a des signes qui ne trompent pas. Et il y a des enfants.

Difficile de lui vendre l'addiction, je sais ce qu'elle pense. « Moi, malade ? Mon cul ! Je suis une putain d'alcoolique, un point c'est tout, comme mon père ! » Mais elle ne me le dira pas comme ça.

Il y a désormais des consultations d'addictologie dans les maisons de santé, avec des travailleurs sociaux, psychologues, éducateurs ou assistantes sociales détachées, « des microstructures » où l'on peut attraper le problème par plusieurs bouts, c'est peut-être une piste.

Soigner les addictions

L'addiction n'est pas une maladie, c'est peut-être plus grave. C'est moins un truc qu'on a qu'un truc qu'on est, on passe du verbe avoir au verbe être, pour en guérir il faut changer. Nul n'en est le maître. Soigner les addictions requiert de la retenue mais impose d'avoir quelques repères. Pas beaucoup, deux ou trois, mais solides : l'alliance, la guérison, l'existence.

L'alliance

Un peu de considération

L'alliance est le meilleur facteur prédictif d'un succès thérapeutique et son levier le plus puissant, la condition première et indispensable du soin. Non formalisée et tacite, elle se construit, elle peut se défaire.

L'alliance est un lien de solidarité, c'est toi mais ça aurait pu être moi, c'est le fondement de l'empathie et la possibilité de l'entraide. Tout ce qu'un homme éprouve, un autre peut l'éprouver et le comprendre.

La médecine est une science appliquée à l'homme, c'est-à-dire un mélange d'objectivité et de subjectivité, le mélange de la science et de son contraire, les compétences humaines y sont aussi indispensables que les compétences professionnelles.

Les addictions sont des impasses, un jour ou l'autre le patient en prend conscience (prions que ce ne soit pas trop tard). C'est un moment douloureux, mais un moment de lucidité, il se sent mal mais il va mieux. Il se rend chez le médecin, c'est une reddition. Le premier contact est important, et conserver ce lien sera indispensable, ce en quoi consiste la compétence du soignant, mais le patient peut avoir confiance. « Ici on guérit tout le monde ! Tous ceux qui consultent guérissent... puisqu'ils viennent pour ça ! Seuls s'aggravent ceux qui s'isolent, ferment les yeux, bouchent leurs oreilles et se remplissent de n'importe quoi ! » Il n'est pas interdit au soignant d'afficher, parfois de façon péremptoire, des convictions profondes.

L'alliance est parfois suffisante si elle s'accompagne de considération. Il suffit d'être entendu et compris pour se détendre, et passer sans effort à autre chose. Préserver le lien sur la durée sans presque rien faire, être confiant (qu'au moins il y ait ce lien). Ne pas tirer une gueule d'un kilomètre. Laisser guérir.

La guérison

Quelquefois, quand on joue au mikado, une baguette nous tend les bras et paraît une évidence, on la retire et tout s'effondre.

Étymologiquement la « guérison » est l'acte spontané de défense d'une personne en situation de détresse. « À la garite » signifie sauve qui peut, « se garir » signifie se défendre et « la garite » est la cachette. Que faire d'autre dans l'adversité sinon se battre, s'enfuir ou se cacher ? On peut fuir dans le délire, les addictions, la mythomanie, l'action (hyperactivité), se cacher en soi (dépression), fuir les autres (agoraphobie), faire le mort (catatonie), se battre comme un écorché vif en entrant dans la psychose paranoïaque ou autre, se tenir à la frontière (borderline) ou balancer entre deux modes (bipolaires). Mais quel est le problème qui provoque tant de souffrance ? Pour traiter les maladies mentales et les addictions, il faudrait avant répondre à la question : de quoi ces maladies sont-elles la guérison ?

« Il était guéri, dommage qu'il se soit pendu ! »

L'arrêt d'une addiction rompt un équilibre et expose à un risque, on ne se drogue pas pour rien. Mais la première consultation en addictologie est souvent caricaturale, l'addiction est au premier plan, on ne voit qu'elle, qu'il faudrait supprimer le plus vite possible, ça ne peut plus durer, le patient, l'entourage, tout le monde le pense, le dit et insiste. Et plus le patient dit qu'il n'en peut plus, qu'il est motivé, que cette fois c'est la bonne, que sinon il va tout perdre, que c'est urgent, qu'il est prêt à être hospitalisé, qu'il fera tout ce qu'il faut mais qu'il faut le prendre au sérieux, qu'il tape du poing sur la table, plus on comprend que ce qu'il appelle motivation n'est que désespoir, que son impuissance est totale et sa motivation nulle. Il crie qu'il ne peut pas.

TANT QU'IL Y A DE LA VIE,
IL Y A DU DÉSESPOIR.

Alcool, cocaïne, crack, amphétamines, etc., peu importe le produit en question, les ressources en médicaments sont aussi minimes que la demande est massive. Et il va falloir faire avec ça...

Il faut occasionnellement proposer un temps de pause, voire un anxiolytique pendant la consultation, un prétexte pour le revoir, une consultation demain, un traitement d'attente. L'hôpital en urgence ? Ce n'est pas la peine d'y penser... La rencontre est tendue, on la croit ratée. On l'a déçu, le patient disparaît. Retourne dans son impasse. On le revoit, parfois bien plus tard. On reprend...

Les addictions ont leur rythme propre. Leur temporalité n'est pas forcément celle des soignants mais d'autres sont présents sept jours sur sept durant des années. Les conjoints, les parents, les enfants, l'alliance avec eux est déterminante. La compréhension, l'acceptation et le soutien qu'ils apportent peuvent faire la différence. Mais pendant longtemps a prédominé l'idée que le toxicomane n'était que le symptôme d'une famille dysfonctionnelle, alors trop souvent les soignants s'en méfient et au mieux les ignorent, ce sont des encombrants.

L'existence

Préserver la vie et la santé est le plus important pour un médecin, c'est son métier, mais pour le patient vivre n'est pas le plus important, ce qui compte au moins autant, sinon plus, c'est d'exister. Un homme, il faut que ça existe. Et des manières d'exister, chacun a les siennes, qui ne sont pas toujours compatibles avec la santé et les bonnes intentions du médecin. Le médecin doit prendre ça en compte, c'est ce qui le différencie du vétérinaire.

Parcours de soin : le Saint Graal

Et il y a les outils

– Docteur, arrêtez-moi de boire !

– J'arrive !

Les médecins ont imaginé des parcours de soin avec un début, un milieu, une fin, entrée, plat, dessert, comme un menu de restaurant. Les parcours de soin ne sont que des séquences brèves dans une histoire qui dure longtemps, car la plupart du temps ils ne sont qu'une parenthèse, bonne à prendre et qui peut durer longtemps, et dans le pire des cas, seulement une sorte de garde à vue médicalisée.

On aimerait un menu plus varié.

Dans le parcours de soin, il y a le sevrage que le patient ira faire dans une clinique ou un hôpital. Le sevrage est rapide, indolore, et réussit à tous les coups, c'est le médecin qui le fait, le patient est dans son lit, il regarde la télé, attend le plateau repas et sonne l'infirmière. Il sort sevré, aussi bête que lorsqu'il est entré et rechute aussitôt dehors. On peut comparer le sevrage au lave-auto, la voiture est bien nettoyée mais c'est toujours la même voiture.

Les médecins ne sont pas idiots. Un séjour en post-cure de quelques semaines suit en général le sevrage pour le consolider, le patient apprend à vivre sobre dans un endroit agréable où il peut avoir diverses activités encadrées. Et puis il sort, évidement, et essaie de faire autre chose que ce qu'il faisait avant, de voir d'autres gens, parfois de changer de travail ou de logement.

Est-ce qu'il a changé ? Suffisamment pour ne pas rechuter ? Comment fait-on pour changer et combien faut-il de temps ? Le temps des addictions ne se compte pas en semaines, le plus souvent il se compte en années, si ce n'était qu'une question de produit il suffirait de pisser. Tout le monde a du mal avec la question du temps, les soignants sont pressés de toutes parts, le patient est en situation de détresse et l'entourage n'en peut plus. Alors toute cette belle troupe s'en va tambour battant, au-devant de lourdes déceptions. « Mais Docteur, on ne peut pas rester sans rien faire ! » C'est vrai.

Bon, le patient a été évalué, une équipe pluridisciplinaire a décidé qu'il était prêt, mûr et motivé, le projet est bien ficelé, le parcours de soin bordé, du vrai travail de pro. Cependant, quand je les vois partir en VSL (véhicule sanitaire léger) vers le centre de cure qu'ils ne quitteront que pour aller en post-cure, d'un établissement à l'autre sans mettre le pied par terre (au cas où ils s'échapperaient), même si c'est du travail bien fait je crois que je détesterais qu'on me traite comme ça.

Le bœuf de Kobe

C'est pourtant un luxe de moyens, d'attention, de soins, de compétences et de respect que les soignants déploient. Je le fais aussi mais je ne m'y fais pas. Les patients sont choyés mais passifs, ils consomment du soin comme un bœuf consomme du foin.

Il y a d'autres façons de faire qui sont sous-employées, comme le sevrage à domicile, avec un passage infirmier quotidien, ou le Sevrage alcool volontaire accompagné.

Le Sevrage alcool volontaire accompagné (SAVA)

Sur place ou à emporter ?

Pendant la crise de la COVID les problèmes liés à l'alcool se sont aggravés

Quand le confinement a été levé, le CSAPA Clémence Isaure à Toulouse a dû, comme d'autres CSAPA, faire face à un grand nombre de demandes de sevrage, or les files d'attente dans les établissements de soin ne seraient résorbées que bien plus tard.

Pendant cette période, la recherche d'une place dans un centre de cure et de post-cure a beaucoup occupé professionnels et patients. Les patients venaient très régulièrement pour chercher des adresses, faire des dossiers, téléphoner, etc.

Ils attendaient dans la salle d'attente, dans le jardin et les couloirs, voyaient divers professionnels, le médecin, etc. Et arrêtaient de boire ou au moins contrôlaient suffisamment leur consommation pour être en état d'accomplir leurs démarches. Ce n'était pas leur première fois, ils avaient déjà tous fait des sevrages seuls à diverses occasions, à la dure.

Pour certains en attente d'une hospitalisation, une aide médicamenteuse s'imposait et quand finalement ils trouvaient une place, beaucoup étaient déjà sevrés.

L'idée du SAVA est venue de là. Dans le SAVA les patients décident seuls du sevrage, ils le commencent dès qu'ils veulent.

Avoir un logement n'est pas une condition obligatoire. Le sevrage se fait dans le lieu de soin (SAVA sur place), il peut aussi se faire à la maison (SAVA à emporter) avec un passage infirmier quotidien. Le sevrage est accompagné sur le plan médical afin d'éviter les complications. Le patient vient tous les jours au CSAPA pendant quatre ou cinq jours ou plus, il prend son médicament sur place. La question de la motivation est réglée puisqu'il la reconduit tous les jours, ou pas, et s'il ne vient pas, il ne vient pas. C'est lui qui décide. Le SAVA c'est l'histoire d'Adam et de la pomme à l'envers, on introduit la tentation du bien, difficile d'y résister. L'infirmière est la cheville ouvrière, elle distribue les médicaments du jour et surveille les constantes physiologiques et l'état général. Si le patient tremble et transpire c'est qu'il est sous-dosé ; s'il dort c'est qu'il est surdosé, si le patient a bu, la partie est remise mais, dans ce cas, en général il ne vient pas. Une infirmière un peu formée ou une IPA (infirmière en poste avancé) est tout à fait capable d'accompagner le sevrage. On reste en contact téléphonique. Les patients sont surpris de la rapidité et de la simplicité du sevrage qui est complétement démystifié et désormais à leur portée. Les médicaments utilisés ? Rien d'original, des benzodiazépines (s'il y a une dépendance physique à l'alcool) qu'il faudra arrêter, de l'eau, des vitamines. S'il n'y pas de dépendance, le choix des médicaments est large et le patient peut venir tous les deux ou trois jours, garder un contact téléphonique...

Finalement ce n'était pas si difficile... le problème doit résider ailleurs.

L'alliance peut s'inscrire dans la durée parce qu'on se comprend, qu'on est dans le bon tempo et dans la réalité de la vie de l'« alcoolique ». Ah oui, c'est un mot qu'on ne doit plus utiliser pour ne pas culpabiliser les patients mais il est plus efficace de leur rappeler qu'en France ils ont le droit, s'ils sont adultes et dans l'espace privé, de boire tous les alcools qu'ils veulent sans limites de quantité, la constitution leur garantit cette liberté et personne ne peut s'y opposer, que ce soit au nom de la loi, de la morale ou de la santé. On peut leur rappeler que boire est souvent une manière d'adoucir la condition humaine, une démarche spirituelle qui s'est un peu fourvoyée, une manière de se soigner qui a échoué, mais que c'est une affaire personnelle et que s'ils ne prennent pas le volant ou ne se livrent pas à des excentricités répréhensibles sur la voie publique il n'y a pas de quoi fouetter un chat.

Le seul manuel de savoir boire qui compte, c'est le code pénal, tout ce qui n'est pas dedans est permis, l'alcoolisme est un droit, comme on dirait à Modus Bibendi, une association de réduction des risques qui préconise une approche des problèmes d'alcool décomplexée et réaliste caractérisée par sa... sobriété.

Évidemment ceux qui partagent la vie de l'« alcoolique », s'il en reste, dans la mesure où ils ne sont pas indifférents, vont forcément réagir, il faut les comprendre, et de manière inappropriée car il n'y a pas de manière appropriée de réagir. L'alcool a écrit le scénario et distribué les rôles, mère la vertu, père la morale, redresseur de torts, complice, assistante sociale, infirmière, et quand les deux parents boivent il n'y a pour les enfants que trois ou quatre possibilités. Fuir, ce sont ceux qui s'en sortent le mieux, au moins dans un premier temps, mais pour partir il faut avoir l'âge. À défaut de partir, on peut endosser le rôle de bouc émissaire, en rajouter, drogue et délinquance, d'autres prennent sur eux et font les clowns ou se comportent de façon exemplaire, héros familiaux, de petits anges qui finiront par craquer. Dans la maison de l'alcoolique tout le monde est alcoolisé, dans la maison du drogué tout le monde est intoxiqué, les addictions sont des maladies contagieuses, même le médecin est pris en otage. Bouée de sauvetage. Notre bonhomme (ou bonne femme) s'en doute, s'en plaint, on en parle.

Changement de perspective

Avec le SAVA le patient est pour une fois au centre du soin. On ne l'y a pas mis, c'est lui qui nous a mis autour de lui, ce n'est pas la même chose, c'est même exactement le contraire. C'est pour cela qu'il va pouvoir prendre des initiatives qui n'étaient pas prévues, des bonnes et des mauvaises.

Commençons par les bonnes.

L'appropriation du SAVA par les patients ne s'est pas faite attendre, ils se sont rapidement sentis autonomes. Les benzodiazépines (Valium ou Seresta) nécessitent une ordonnance, mais ce n'est pas compliqué et il reste souvent quelques comprimés au fond des tiroirs, les vitamines B[2] n'en nécessitent pas (elles ne sont pas remboursées mais avec le prix de l'alcool économisé on y gagne) et l'eau...

Très protocolisé au départ, le SAVA s'est rapidement décliné en SAVA tout seul, SAVA coup de pouce, SAVA comme je veux, et quelque télé SAVA. Il a été adopté et adapté par les patients, parfois un peu trop vite et par les soignants un peu plus (un peu trop ?) lentement et s'est avéré léger pour les équipes par rapport au sevrage traditionnel.

La montée en compétence des patients (et des équipes) est peut-être le point le plus important. L'information, la responsabilisation, le partage répété de l'expérience, entre patients et professionnels du secteur médical et médico-social, le suivi rapproché et l'intérêt personnel pour l'acquisition de nouvelles compétences ont fait toute la différence, ils ne demandaient qu'à y aller. Dans les années 1970, de très nombreux bénévoles se sont formés rapidement à la méthode Karman d'interruption de grossesse, il y avait peu de médecins et c'était bien plus compliqué. Professionnels non médicaux et patients ont appris à reconnaître, s'ils ne les connaissaient pas, les signes de la dépendance physique à l'alcool (sueurs, tremblements) les plus visibles, à s'informer des antécédents de sevrage compliqués (delirium tremens, convulsions) et à donner les conseils qui en découlaient. Si vous êtes dépendant, surtout, n'arrêtez pas de boire sans traitement. Consultez ! Ils ont appris ce qu'est un sevrage, quand il est indiqué, ainsi que les dangers qui peuvent aller jusqu'au décès pour les plus dépendants, en dehors d'une hospitalisation. Et enfin, sur les risques liés aux benzodiazépines qui traitent bien mais rendent dépendants.

---

2. La vitamine B est connue pour protéger le tissu nerveux (cerveau et nerfs périphériques) de la toxicité de l'alcool.

Cette « formation » s'est faite facilement pour les patients qui avaient l'expérience des sevrages, d'autant plus qu'ils en étaient les acteurs. Les professionnels s'en sont sentis plus légitimes et valorisés.

Mais il n'y a pas que la tempérance, loin de là, il y a aussi des manières de boire différentes, des « modus bibendi » variés, des formes de « tempérance à seuil adapté ». Ils continuent de boire mais « mieux », ce n'est plus la même histoire. Jusqu'à la prochaine fois.

Le sevrage a aussi des inconvénients.

Sa répétition mal conduite peut-être délétère pour le cerveau, la poursuite d'un traitement médicamenteux plusieurs mois après le sevrage peut provoquer un état de dépendance, et plus particulièrement, la reprise d'alcool avec les benzodiazépines est, si elle se produit, la pire des choses. Une information sur ces questions est indispensable avant tout sevrage. L'occasion pour les médecins de « réinitialiser » la prescription des benzodiazépines, qui s'est largement galvaudée.

Le SAVA peut s'associer aux autres modes de prise en charge, les suivre ou les précéder. Il n'est pas forcément supérieur à un sevrage classique en termes de durée d'abstinence (cela reste à évaluer) mais il permet mieux de s'inscrire dans un accompagnement au long cours. Il fait surtout du patient un acteur plus actif de sa réhabilitation. Des patients en ont profité pour, en toute discrétion, se sevrer de la cocaïne. Tiens, tiens ! Affaire à suivre.

En matière d'addiction, le savoir vient souvent d'en bas, toutes les innovations et même les médicaments (Méthadone, Subutex, Baclofène), le CBD et la cigarette électronique sont, à l'origine, des découvertes des patients.

Les médecins n'apprécient pas tellement ce pied de nez. Ils ont du mal à intégrer le savoir profane dans leur intervention. Self-change, rémission naturelle, savoirs et stratégies profanes, il y a des mots qu'on n'entend jamais, c'est une autre philosophie du soin et par inclinaison ce n'est pas de ce côté que les médecins regardent. C'est une forme d'autisme professionnel qui ne date pas d'hier, il a fallu attendre Hippocrate pour que les médecins regardent seulement leur malade, jusque-là ils faisaient leurs diagnostics en regardant par la fenêtre le vol des oiseaux, la forme des nuages ou en étripant un poulet.

Les parcours de soin en addictologie aujourd'hui

Imaginé il y a vingt ans pour coordonner et rationaliser la prise en charge des malades, le parcours de soin quand il est appliqué aux addictions se heurte à trois difficultés :

1) L'ambiguïté de la demande :

À la différence des pathologies classiques, ceux qui souffrent d'addiction ne veulent pas forcément « guérir ». Ils aiment leur maladie autant qu'ils la détestent, ce ne sont pas des malades compliants, c'est le moins qu'on puisse dire. Ils veulent le meilleur mais font souvent le pire. Le « parcours » va s'en ressentir.

2) L'inadaptation de la réponse :

Le mode de prise en charge des années 1970 a été pensé pour les addictions à l'héroïne, mais aujourd'hui ce sont les psychostimulants (cocaïne, crack, nouveaux produits de synthèse) et l'alcool qui sont au premier plan. Cependant les modes de prise en charge n'ont pas évolué. Ils sont inadaptés, trop longs, trop lourds, trop rigides.

3) La non-disponibilité :

Pour couronner le tout, l'addictologie affiche complet.

En somme, pour paraphraser une célèbre formule, on propose à des patients qui n'en veulent pas quelque chose qu'on n'a pas.

Et on insiste.

Et on a raison. Ce n'est pas trop grave, ce qui compte c'est l'accueil, l'alliance, l'espace qu'on offre, la considération et la « qualité de l'air » qu'on donne à respirer.

Néanmoins il est temps pour le soin en addictologie de revoir sa copie et de se repositionner dans l'offre de santé. Pour le moment les patients viennent parce qu'ils n'ont pas d'alternative et qu'ils sont en situation de détresse, et certains d'une façon difficile à imaginer. Ils sont « fous et drogués ».

Double peine

Les médecins ont un joli mot pour ça, « pathologie duelle ». Addiction ou folie, on ne sait plus laquelle cache l'autre. Ce n'est pas la mort mais parfois c'est pire. La mort est indulgente : quand elle nous prend ceux qu'on aime, elle ne le fait qu'une fois. La folie n'a pas tant d'égards : elle nous les prend, nous les rend, les reprend plusieurs fois. Parfois elle nous restitue un inconnu, triste ou indifférent, c'est difficile à dire, il erre dans la maison sans but particulier ou reste assis, des heures, sans bouger. D'autres fois c'est un agité, qui mène tambour battant son entourage au bord de l'épuisement ou un gamin obèse qu'il faut enjamber, un être dépressif qui marche en traînant les pieds. Il est imprévisible, parfois il est gentil, parfois il est méchant, violent, elle ne le reconnait pas, la mère a peur de son enfant. Vaincu, il devient un malade « compliant » qui écoute ce qu'on lui dit et s'applique à se comporter de façon normale ; sans trop savoir pourquoi ni ce que ça veut dire. Sa mère se lève parfois la nuit pour voir s'il respire. Dans l'entourage d'un fou personne ne peut se comporter normalement, normalement n'existe plus. Il faut inventer, et inventer à chaque instant, ce n'est certainement pas la vie dont on rêvait mais dans une maison de fous, on ne s'ennuie jamais. Avec le temps les proches apprennent. Historiquement, c'est l'expérience de première main de la folie au sein de l'hôpital qui a donné à la psychiatrie ses lettres de noblesse, sa légitimité et sa compétence. De la fréquentation prolongée des malades, les psychiatres ont tiré une connaissance profonde, ils étaient capables d'écrire sur les maladies psychiatriques de vraies pages de littérature. Les psychiatres de l'époque connaissaient les fous comme s'ils les avaient faits (c'est à se demander si ce ne fut pas le cas). Aujourd'hui la réduction du nombre d'hospitalisations et de la durée des séjours ont provoqué un transfert de compétence vers ceux qui accompagnent au quotidien un parent ou un enfant malade. En France, soixante-quinze pour cent des près de trois millions de personnes qui présentent des troubles mentaux sévères sont accompagnés par un proche. L'autisme, longtemps passé sous les radars de la médecine, est une découverte des familles : normal, elles avaient le nez dedans !

Si la question que le malade pose au médecin (« Docteur qu'est-ce que j'ai ? ») est relativement facile, celle que pose le fou au psychiatre (« Docteur qui je suis ? ») est infiniment plus difficile et angoissante. Selon les époques, médecins et psychiatres ont répondu (ou pas) de différentes manières. Ils ont inventé, classé, rusé, et l'affaire n'est pas close.

Tosquelles

Catalogne, 1938

La guerre était perdue, Tosquelles fuyait l'Espagne. Il grimpait sur un chemin de contrebandier à la tête d'un peloton de fous et d'infirmiers. Le psychiatre de l'armée républicaine doublement condamné à mort, par les phalangistes comme par les communistes, musclé comme un sanglier, avançait d'un pas rapide. Ses troupes ne devaient pas se laisser surprendre par la nuit sur ce chemin escarpé. Il y avait un abri de pierre, un orri de berger, juste après la frontière où ils pourraient faire du feu sans danger. S'ils y arrivaient. Sinon ils dormiraient encore à la belle étoile. Dans la montagne de Cerdagne les nuits étaient si noires en l'absence de lune qu'il était impossible de se déplacer. Au bout de deux heures de marche ils virent enfin l'abri en contrebas d'une colline, ils y arrivèrent avec la nuit. Ils firent un feu à l'intérieur de l'orri pour se réchauffer et plusieurs feux en cercle dehors car ils étaient trop nombreux pour dormir tous dans l'abri. Ils déballèrent les provisions qu'ils avaient emportées et celles glanées pendant leur périple, quelques oignons, des amandes, des pommes de terre, des châtaignes, des champignons et des herbes fraîches, des céréales, quelques épis de maïs et une énorme miche de pain. L'abondance. Ils trouvèrent entre deux pierres le sel des moutons, et l'eau ne posait pas de problème : dans les Pyrénées-Orientales il y avait partout de petits ruisseaux d'eau claire.

Dans l'abri de berger, Tosquelles, assis par terre, lisait. Il avait traversé les Pyrénées avec deux livres, la thèse de Lacan *De la psychose paranoïaque dans ses rapports avec la personnalité* et un livre d'Hermann Simon *Une thérapeutique plus active dans l'hôpital psychiatrique*, deux livres qui allaient jouer un rôle primordial. Le premier allait être édité par l'imprimerie du club thérapeutique de la clinique de Saint-Alban. Les clubs thérapeutiques d'Hermann Simon étaient conçus et dirigés à égalité par le personnel médical et les « pensionnaires », c'étaient des clubs, tout simplement. À Saint-Alban, il y en avait plusieurs, l'imprimerie, la cuisine, le potager et une petite agence de voyages qui s'appelait Évasion. Tous nés du hasard, des circonstances, du goût et des compétences des uns et des autres, mais surtout des expériences partagées au cours de ces longs mois d'errance. L'office de tourisme devait son existence au savoir-faire développé au cours de leur internement au camp de concentration de Septfonds où Tosquelles, non content d'avoir mis en place un service psychiatrique, avait créé en lien avec la résistance française une branche évasion, une sorte d'agence de voyages. Pendant l'occupation allemande, à la différence d'autres établissements hospitaliers, il n'y eut à l'hôpital de Saint-Alban en Lozère aucun décès de patient dû à la malnutrition, tous avaient appris à se débrouiller. De nombreux résistants « en cavale » vinrent se mettre au vert quelques semaines à Saint-Alban, où ils rencontrèrent d'autres cavaleurs, écrivains, poètes et les futurs patrons de la psychiatrie française. Mon père, recherché par la police de Vichy, y passa quelques semaines, il disait qu'il n'avait jamais aussi bien mangé depuis le début de la guerre.

De la petite équipe qui gravissait la montagne quelques années auparavant, fuyant la guerre, aucun ne retourna à l'hôpital. Les malades parce qu'ils avaient guéri suffisamment et les infirmiers parce qu'ils n'y avaient jamais été. Tosquelles avait recruté son équipe d'infirmiers parmi les gens « normaux », un peintre, un agriculteur qui connaissait bien les plantes (c'est incroyable tout ce que l'on peut trouver pour se nourrir dans la campagne quand on s'y connaît) un curé, un avocat, une prostituée qui connaissait bien les hommes et un infirmier psychiatrique qui s'était découvert des talents de faussaire et faisait des faux bons d'alimentation.

Seul Tosquelles retourna à l'hôpital à la fin de la guerre, il repassa tous les examens de médecine pour obtenir les diplômes français et fonda la psychothérapie institutionnelle, élaborée à partir de son expérience, qu'il appelait tout simplement la psychiatrie. Sa découverte allait influencer toute la psychiatrie et la pédagogie de la deuxième moitié du xxe siècle. L'infirmier psychiatrique ne reprit pas son activité ancienne. Il préféra faire carrière dans la contrefaçon.

Quand on lui demandait à quoi il attribuait ce résultat, Tosquelles résumait d'un mot sa pensée, ses travaux, son opinion sur les pièges de la condition humaine et les moyens pour s'en sortir.

« C'est le borrdel ! C'est le borrdel qui les a guéris ! »

Disait-il en roulant les r pire qu'un tapis roulant.

À Saint-Alban les « malades » s'appelaient des résidents et participaient à toutes les activités.

Toulouse, été 2018

Dans certaines situations je pensais à Tosquelles. Je me demandais quelle connerie je pourrais bien inventer.

M. X c'était un « trou noir », toutes les paroles qu'on lui adressait disparaissaient à jamais et il n'en sortait rien, il était gentil et inaccessible. Avec les fous le langage habituel, simple, raisonnable, même plein de compassion, reste à la surface. Il passe à côté de l'essentiel. Ce langage-là n'est qu'une langue morte, un « produit de consommation limité aux effets cognitifs, aux messages formulés en termes de logique formelle et déductive ». C'est une forme de bêtise, une parole qui rate son objectif, ignore son sujet et tout ce qui importe pour l'individu qui souffre. On ne fait pas « la conversation » avec un supplicié.

Il faut une parole fulgurante pour briser la carapace ou assez fluide pour s'immiscer, une torche lancée au fond du gouffre pour faire la lumière mais pas un cataplasme. Soyons sérieux une minute. Les psychanalystes ont au moins le mérite d'essayer, mais ils sont trop timides, quasiment muets, ils ont ouvert une auberge espagnole où l'on ne mange que ce que l'on vomit, et ils appellent ça une thérapie. Il faudrait des psychanalystes armés. Parlez ou je tire ! Au moins armés de mots, comme des poètes capables d'établir une communication directe avec ce qu'il y a au fond. Mais on en est au stade des emplâtres, des entretiens motivationnels, des TCC, des psychothérapies planplan, d'un langage rudimentaire ! « Moi Tarzan, toi Jane », et c'est considéré comme le summum du progrès ! Il ne faut pas prendre les fous pour des idiots, ils nous écoutent faute de mieux, par indulgence et par lassitude, ils ont compris avant même que vous ayez parlé que vous n'avez pas le niveau, car des comme vous ils en ont vu beaucoup, ils n'ont même vu que ça. Il serait bon que ça change, il faudrait commencer à déconner un peu. Tosquelles parlait de la fonction poétique du langage et de la déconniatrie qu'il appelait la psychiatrie, Tosquelles parlait le fou couramment, ce n'est pas donné à tout le monde. Mais il ne fallait pas se fier à son air bonhomme, il était prêt à fondre sur la maladie comme une harpie féroce sur un macaque pour la mettre en pièces de son bec puissant. Tosquelles était d'une espèce unique, un psychothérapeute de combat.

Pour en revenir au diagnostic, à ce qu'on dit au patient, finalement j'ai trouvé un truc, j'en parlerai plus loin, c'est une histoire de bistrot.

La classification des maladies mentales

La question poursuit le fou à chaque seconde et ne lui laisse aucun répit : qui suis-je, suis-je seulement quelqu'un, quelque chose, quoi ? Les autres ont l'air de savoir mieux que moi. On serait parano pour moins que ça ! Un homme normal avec un fort caractère et une personnalité bien structurée (même si au fond ça ne repose sur rien) a de la contenance, il peut circuler dans la société comme un poisson dans l'eau, mais le fou à chaque pas trébuche, ne rencontre pas même ceux qu'il rencontre. Il n'a pas de raison d'aller là plutôt que là, il va où le vent le pousse, il erre et souvent la drogue lui va comme un gant, elle lui impose un emploi du temps et des relations, une vie sociale, un statut enviable : drogué, par rapport à fou, c'est une promotion. Mais à la longue, ou même tout de suite, ça n'arrange pas sa situation. Il lui faudrait un traitement, il faudrait qu'il voie un psychiatre, ou un addictologue, ou les deux, ou un psychiatre-addictologue. Oui, ça, ce serait bien ! Bon courage, Docteur !

Aujourd'hui, à défaut d'y comprendre grand-chose, on tâche de mettre un peu d'ordre, de faire une classification des troubles mentaux, c'est louable et même indispensable, la classification la plus discutable sera toujours supérieure au chaos. Mais pour classer il faut nommer, et la première question est celle du diagnostic, or une maladie mentale ce n'est pas la rougeole.

Le DSM et la CIM

Il y a le DSM (Diagnostic statistique des maladies mentales) de la psychiatrie américaine et la CIM (Classification internationale des maladies mentales) de l'OMS. La fidélité inter-juges mesure la concordance des opinions entre observateurs d'un même évènement, par exemple, l'accord sur le diagnostic entre deux psychiatres pour un même patient. Pour la rougeole la fidélité inter-juges avoisine les cent pour cent, pour le diagnostic de bipolarité ou de schizophrénie au moment de la création du DSM elle n'était que de cinquante pour cent c'est-à-dire qu'une fois sur deux les psychiatres faisaient des diagnostics différents.

Au sortir de la guerre il fallait des barèmes pour indemniser les victimes, des psychiatres américains ont créé le DSM, un répertoire de symptômes objectifs (délire, tristesse, insomnie, dépression) plus fiables que les grands diagnostics incertains et funestes (variables suivant les époques et les pays) dont les patients ne se relevaient jamais, non plus que les psychiatres.

Le DSM m'a sauvé

Le DSM c'est la fin des diagnostics historiques et le grand démembrement de la maladie mentale. On n'est plus fou, juste un être humain qui présente des troubles spécifiques plus ou moins nombreux et intenses. La malédiction du diagnostic est levée. Et surprise, le nombre de symptômes décrits dans le DSM augmentant chaque année, tout le monde finit par s'y retrouver. Sauf les fous, disparus, dilués dans la masse ! Tous guéris d'un seul coup... sur le papier.

Le DSM m'a tué !

Pour les laboratoires qui produisent les médicaments psychiatriques, la formule est simple : plus on a de fous, plus on est riche. Les gens bien portants sont un manque à gagner, on a les médicaments, c'est du côté des maladies que ça traîne, il n'y a pas assez de fous, il faut en créer. La gourmandise deviendra une addiction, la tristesse une maladie, l'euphorie un trouble du comportement, personne ne doit y échapper. À chaque nouvelle version le DSM s'épaissit. N'importe qui peut faire un diagnostic, il suffit de cocher des cases dans le répertoire des symptômes. Le médecin disparaît et le malade aussi, car décrit sur le mode de la botanique comme un vulgaire artichaut. Il est dépouillé de son identité, le DSM ne s'intéresse ni à l'histoire ni au sens, et se veut athéorique. C'est le catalogue de l'industrie pharmaceutique. Il livre l'individu pieds et poings liés à la loi du marché.

Aujourd'hui les psychiatres sont prudents, ils ne font plus de diagnostic ou le plus tard possible, par peur de se tromper. D'autres s'y adonnent en cachette, c'est tout sauf un métier facile. Pour remplir des dossiers, comme les espions, ils ont des codes secrets. Avec les patients ils parlent, mais les mots qu'ils emploient ne leur appartiennent pas. « Schizophrène » par exemple, on a beau le retourner dans tous les sens, ça voudra toujours dire fou à lier, peut-être pas à temps complet ni à cent pour cent, quand je mange une pizza je suis un peu moins schizophrène, et quand je dors je ne le suis plus du tout, mais je suis fou tout le reste du temps, en tout cas assez pour qu'on pense que je ne peux pas répondre de moi, et si je ne peux pas répondre de moi je me demande ce que je fais là, et d'ailleurs, là ou ailleurs quelle importance. Pour mon rétablissement vous pouvez repasser, ce n'est pas demain la veille, je suis aux abonnés absents, il n'y a rien à réhabiliter, comme disait Cioran, ma vie est « un état de non-suicide ».

Les diagnostics sont nécessaires mais certains sont des boulets qui posent plus de problèmes qu'ils n'en résolvent. En l'absence d'une théorie des maladies mentales faisant consensus, des psychiatres ont prôné par prudence un « éclectisme critique tempéré ». La psychiatrie est avant tout une pratique, et le patient un être singulier, jamais deux fois le même, qui pose des questions auxquelles la médecine n'a pas de réponse. Il faudra en trouver une quand même et c'est là que le mot considération a toute son utilité : il donne à l'autre de la consistance là où l'empathie le ramollit. On me considère donc j'existe, à partir de là tout est possible.

– Le café c'est pour moi !

– Merci c'est gentil.

Fin de l'embrouille.

Le serveur lui avait offert le café.

Il lui avait dit « je suis autiste » parce que pour une raison que lui seul avait perçue, un conflit avait débuté et qu'il n'avait pas trouvé d'autre moyen d'y mettre fin. C'était une bonne idée, s'il avait dit schizophrène, qui était le diagnostic officiel, le serveur serait parti en courant, mais là, il s'était senti solidaire. Depuis j'ai reconverti beaucoup de mes patients en autistes, c'est à la mode et c'est chic, c'est un diagnostic pour la ville qui ne manque pas d'attirer la sympathie tout en accordant une grande liberté de comportements. Schizophrène ce n'est pas du tout adapté. Je déconseille.

« Une imagerie de monstres hante le discours psychiatrique. » Personne ne fréquente les fous, ils ne parlent qu'entre eux, ils font psychose commune. Le mot dresse un mur infranchissable entre les malades et la collectivité, c'est-à-dire entre les fous et la guérison. Pour faire tomber ce mur il faut revendiquer ce qu'on devrait cacher, les Afro-américains l'ont fait avec le mot nègre et *Black is beautiful*, les homosexuels avec le mot gay et avant eux Cyrano avec son nez. La guérison des fous passe par une opération de communication, leur coming out ! La Dingo Parade, un #Metoo de la folie, peu importe, mais on ne peut pas être fou tout seul, il faut des complices. Un fou sur la lune c'est difficile à imaginer. Pas d'inquiétude, de la folie il en restera bien assez, car une fois les maladies mentales vaincues, il y aura encore des fous et cette fois ce sera nous, puisque « le pathologique une fois mis hors circuit, la sombre appartenance de l'homme à la folie sera la mémoire sans âge d'un mal effacé dans sa forme de maladie mais persistant comme malheur » (Michel Foucault). Il est sympa, Michel, mais un peu sinistre, ce n'est pas une si mauvaise nouvelle car si un jour, par malheur, la folie se fait la belle, l'amour partira avec elle. À moins que d'ici là on ait inventé une autre façon d'aimer.

Folie ou maladie mentale

La folie et la maladie mentale sont deux choses différentes souvent associées. La folie est plus ou moins le propre de tout être humain. C'est une caractéristique de l'espèce dont on peut même se flatter parfois. Par snobisme, un peu fou c'est chic ! Mais pas trop. La folie va avec la liberté, l'amour, l'art, la douleur, la création, l'angoisse, l'imagination. Parfois elle dépasse les bornes, elle peut être grave : « Il est complètement fou ! » Parfois elle est banale, l'amour fou est un pléonasme. La maladie mentale, c'est autre chose, c'est une maladie du cerveau. Cependant, quand le cerveau est malade, la folie est chez elle, elle a le champ libre, le malade doit se retenir de toutes ses forces, pour lui se comporter normalement est une gageure. Le fou qui a une maladie mentale n'est pas un fou normal, son cerveau déraille et on a du mal à l'admettre. « C'est un garçon intelligent, sensible, il comprend beaucoup de choses ». Mais il y a un mais !

Comme tous les organes de notre corps le cerveau peut être malade.

La pensée peut dysfonctionner, la raison ne plus être fiable, chacun n'est pas toujours en pleine propriété de ses facultés intellectuelles. Qu'il vente ou qu'il neige. On peut penser de travers, avoir une pensée qui s'enfuit ou s'accroche à n'importe quoi, qui dessine de riches arborescences sans jamais atteindre de but. On peut avoir une pensée qui s'évapore, ou qui saute du coq à l'âne, tourne en rond sans s'arrêter ou va tout droit mais passe toujours à côté. On peut avoir des idées persistantes, comme les bougies des gâteaux d'anniversaire qui se rallument toutes seules (c'est angoissant). On peut ne pas avoir le sens des proportions, des relations de cause à effet, avoir une logique apparemment extravagante. Et nous n'avons même pas abordé le chapitre des émotions, plus vaste encore.

À chaque seconde il s'échange dans le cerveau mille milliards de signaux qui font qu'on vit, qu'on bouge, qu'on pense, qu'on parle et qu'on a des sentiments. Il peut bien évidemment y avoir des bugs, c'est plutôt un miracle qu'il y en ait si peu.

La maladie mentale est une anomalie dans la machine à penser et à éprouver, tout le monde sera d'accord pour dire que ce malade est fou. Il ne l'était pas au départ mais il le deviendra, comme n'importe qui à sa place. Il est fou en surface parce qu'au fond il est malade. Avant toute chose il faudrait contourner la folie. Lever le capot pour voir la maladie. Réparer. C'est-à-dire opérer une rééducation de la pensée comme font les orthophonistes pour la parole et les kinésithérapeutes pour le corps, cela s'appelle une remédiation cognitive. Les médicaments sont comme les psychothérapies, en général indispensables mais insuffisants. Le diagnostic est difficile. On n'y croit pas. Il n'y a pas d'imagerie, de biologie, aucune preuve d'aucune sorte dans cette médecine qu'on appelle la psychiatrie, il n'y a que l'observation, c'est de la clinique pure. Terrain glissant, les étudiants en médecine n'aiment pas.

PARFOIS JE ME RENDS AU ZOO
VOIR LES SINGES.
DEVOIR DE MÉMOIRE...

Stupéfiants et médicaments

La grande illusion : stupéfiants, comme si vous y étiez

La question des produits intimide les soignants car ils sont trop nombreux (les produits pas les soignants, eux ils ne le seraient plutôt pas assez !), et pour cette fois l'expert c'est le patient. Cependant sa grande expérience ne lui est pas d'un grand secours, c'est un expert paumé, il connaît tous les arbres mais il est perdu dans la forêt.

Alors lançons-nous dans une exploration, allons dans les cités, les bars, les clubs, les soirées privées, les teknivals, les raves, les free parties, dans les squats et dans la rue. Quelles sont les drogues qui circulent, qu'est-ce qu'un trait, un rail, une goutte, un caillou, un parachute, c'est quoi la pasta, que signifie baser, vaporiser, qu'appelle-t-on un Calvin Klein, un Speed-Ball, et le fameux Banana Split ? Qui est C, qui est K, qui est G ? Qui est Rambo, le Roi lion, Mère Courage, le Pire ? Un Schtroumpf, c'est quoi ? Qu'est-ce que le Rachacha, la Râbla, l'Ice, le Pikatchu, le DOB, le Yabba, le PMA, le Kawa, l'Ayahuesca, le 2C-B, le 3-MC, le 4-TMA, le STP, le MDEA, le MDE, le MXE, l'Algéria Nervosa ? Le GOH et le GHB ?

Peut-on se procurer certaines drogues en toute légalité ? Que penser des tryptamines chinoises achetées sur Internet ? La benzylpipérazine est-elle classée dans les stupéfiants cette année ? Peut-on acheter de la kétamine en bidon en Inde ? Est-il vrai qu'elle est conditionnée ainsi pour traiter les éléphants ? (Je n'en ai pas vu récemment). Pourquoi la kéta et le speed sont-ils bien vus dans les espaces Hardcore et Breakbeat et pas dans la Jungle ou la Transe ? Est-ce débile de consommer de la C dans un after ? Dingue de pogoter dans une soirée techno ? Est-ce que je risque de passer pour un plouc avec mon rachacha ? Est-ce que je peux choquer en prenant du speed dans une soirée Transe ? En proposant des Mitsubishi, des Triskels jaunes ou des Smiley orange à des amateurs de MDMA ? L'iboga guérit-il la dépendance à l'héroïne ? Faut-il craindre les méthamphétamines qui arrivent d'Amérique ? Sont-elles déjà là, sont-elles aussi terribles qu'on le dit ? Pépé et mémé (Pémoline et Meratran[3]) faut pas s'y fier, c'est de la bombe, et le crocodile de Russie qui vous emporte des morceaux de bras ?

Y a-t-il des drogués de droite, plutôt club, soirée privée, whisky, champagne et cocaïne et des drogués de gauche, plutôt festival, free party, bière et kéta ? Y a-t-il des drogués alternatifs, contre-culturels, des drogués verts amateurs de produits naturels et artisanaux, qui cultivent, et d'autres qui ne prennent que du synthétique et de l'industriel ? Est-il vrai que dans les teknivals on vend des drogues à la criée ? Faut-il faire la queue devant les camions, ou peut-on prendre un ticket comme à la Sécurité sociale ou à la poste ? Les prix sont-ils affichés ? Faut-il faire jouer la concurrence ? Est-il vrai qu'on embauche des revendeurs à la journée, des dealers ubérisés et qu'on peut tout faire avec son portable, ni vu ni connu ?

Comment connaître la composition réelle des produits ? Y a-t-il des trucs ou n'y a-t-il d'autre solution que de goûter ? Plus on en prend plus on s'y connaît ou bien est-ce le contraire ? Y a-t-il des connaisseurs, peut-on leur faire confiance ? Est-ce grave si je ne me drogue pas ?

---

3. Meratran pour mémé, Pémoline pour pépé, Ritaline pour riri (la seule qui existe encore parmi les amphétamines des années 1950). Il y a aussi Lili pour Lidepran. On s'y perd toujours. Seule la classification des drogues par effets permet de s'y retrouver.

L'expérience en matière de psychotropes n'est pas le savoir. Combien de fois a-t-on entendu « je gère » dans la bouche de quelqu'un qui ne gérait pas. Il y a des centaines de drogues, surtout depuis l'apparition des nouveaux produits de synthèse (NPS), on ne peut pas toutes les connaître mais cela n'a pas d'importance car ce qui nous intéresse c'est l'effet, et les effets sont peu nombreux et bien connus de tous puisque l'effecteur c'est le cerveau, « les drogues sont artificielles mais l'effet est naturel ».

Et il n'y a que cinq effets possibles (classification de Lewin, 1920) :

Euphorie,
Excitation,
Ivresse,
Hallucination,
Sédation.

Seul le cannabis peut parcourir sans avoir l'air d'y toucher toute la gamme de ces effets, c'est une drogue caméléon, de toutes les drogues la plus imprévisible. On aura du mal à en faire un médicament.

Les cinq effets peuvent se moduler, se combiner plus ou moins mais il n'y en a pas six.

Les drogues agissent sur le cerveau comme les doigts du pianiste sur le piano. On a beau découvrir régulièrement de nouvelles drogues, elles ne peuvent pas avoir d'effets nouveaux. Il n'y aura de « nouvelles » drogues que le jour où il y aura de nouveau cerveaux.

On peut même dire que la classification par effets nous permet de connaître des drogues qui n'existent pas encore, car toutes prendront leur place dans la classification de Lewin.

En fait on pourrait encore simplifier, et dire qu'il suffit de savoir que les états seconds, ce n'est pas pour tous les jours. Les états seconds sont faits pour être seconds et les états premiers, premiers. On en sait assez sur les drogues si on sait compter jusqu'à deux.

Ce qui n'est plus le cas du fumeur quotidien de cannabis, ivre dès la première bouffée, celui qui fume du cannabis dès le matin ne dessaoule jamais, s'il peut donner le change il est toujours décalé, il n'est pas là pour de vrai, c'est un figurant dans sa propre vie. Le temps du fumeur de cannabis joue de l'accordéon, parfois il se comprime puis se dilate. Le fumeur procrastine puis a une illumination, il y a une urgence qu'il oublie aussitôt, elle revient à sa conscience pour se dissiper à nouveau. Pour le soigner il faudra qu'il atterrisse. Rico, qui ne sortait plus de chez lui, disait : « L'effet principal du cannabis ? Il déforme le canapé. » Il savait de quoi il parlait, ça faisait des mois (pour ne pas dire des années) qu'il s'y était enlisé.

Le cannabis n'est pas une drogue violente ni une drogue douce, c'est une drogue puissante, il agit sur le temps, maître de toute chose. C'est la plus imprévisible et la plus répandue, mais la moins connue, de toutes les drogues. On peut même en consommer et prétendre qu'on ne se drogue pas. Le cannabis n'est pas une drogue banale, il devrait inspirer la crainte et le respect.

Le vieux fumeur de cannabis ou le fumeur festif le savent et savent se droguer, ils sont – avec certains buveurs et amateurs de drogues psychédéliques – les derniers à tenir un discours, à défendre une alternative. « Il faut toujours être ivre », écrivait Baudelaire. Nos lascars ne sont pas sans arguments et parfois nous regardent de haut, on ne peut pas seulement opposer à leur éminente aspiration spirituelle une vulgaire question sanitaire.

– Encore un effort, Docteur. Vous n'avez pas appris cela à l'université ?

– Non, pas spécialement.

On discute.

Pour l'amateur de drogues psychédéliques, il faut nuancer, l'effet est trop violent pour une consommation habituelle. C'est une expérience limitée, les hallucinogènes ne provoquent pas d'addiction. En général, plus une drogue est violente plus vite on l'arrête, ou bien on en fait un usage différent. Même les fumeurs de crack, avec le temps, arrivent à une forme d'équilibre. Les drogues commencent souvent une carrière tonitruante avant de s'embourgeoiser et de disparaître, une autre les remplace... qui est toujours la même. Les nouveaux produits de synthèse associés au chemsex ne font pas exception. Mais le plus traumatisant dans la pratique du chemsex ce ne sont pas les drogues, c'est l'abolition de toutes les barrières symboliques et physiques, du temps, de l'intimité, de la conscience. Sans ces barrières certains s'effondrent. On voit en consultation des jeunes gens hébétés, complétement perdus, en état de choc, incapables de parler (pour dire quoi ?) qui ont juste besoin d'être rassurés et de dormir à l'abri dans un endroit tranquille et familier, entourés de soin et d'affection. Des choses solides, simples et stables.

Médicaments : à prendre et à laisser

Benzodiazépines (somnifères et tranquillisants) : les faux amis

Efficaces et bien tolérés, ils sont anodins à dose thérapeutique et pour de courtes durées, mais au bout de quelques semaines ils perdent leur effet et donc sont contre-indiqués dans les problèmes chroniques. Sauf si on veut ajouter la dépendance à l'inefficacité. Ce ne sont pas des médicaments de confort, ils possèdent, tous produits confondus, le plus grand potentiel de dangerosité.

À forte dose ou pris pendant une longue période ils peuvent être responsables d'addictions sévères, de troubles majeurs du comportement, on l'a vu avec le Rohypnol, et sont très difficiles à arrêter. Le sevrage prend plusieurs mois. L'arrêt brutal est exclu, il expose à un syndrome de sevrage, vomissements incoercibles, confusion mentale, délire, crises d'épilepsie, voire un état de mal épileptique potentiellement létal. Le prescripteur est pris en otage, qu'il prescrive ou pas dans les deux cas il est en faute et met son patient en danger.

On sait moins que les benzodiazépines peuvent provoquer un état de marasme physique et psychique larvé qui induit souvent la prescription d'un antidépresseur en général inefficace, soit deux prescriptions inutiles. Les patients arrêtent ou limitent spontanément leur consommation dès qu'ils ont compris ce qui se passe. Encore faut-il le savoir et les informer.

En matière d'addiction, mais pas seulement, les benzodiazépines sont très souvent demandées et souvent prescrites. La première prescription est généralement une porte d'entrée dans une addiction nouvelle, le début de la prise d'otage. Une boîte pour une vie, ça paraît raisonnable, mais pas plus... Allez, deux ! Mais pas plus.

Les autres médicaments, ceux qui peuvent sauver

Il y a heureusement quelques médicaments miraculeux, neuroleptiques et lithium par exemple, qui peuvent nous rendre à nous-mêmes, des régulateurs d'humeur parfois très efficaces, des psychostimulants pourtant controversés. On connaît les divergences qui subsistent encore entre professionnels sur la question de la Ritaline.

Et il y a les antidépresseurs, si largement prescrits qu'on se demande s'ils ne sont pas faits pour les médecins, pour qu'ils aient quelque chose à mettre sur l'ordonnance quand ils ne savent pas quoi dire ou faire.

La sortie

– Docteur, vous croyez que je vais m'en sortir ?
– Vous pensez qu'on peut vivre comme ça ?
– Non !
– Vous avez répondu à la question.

L'évolution naturelle des addictions est la rémission. Quatre-vingts pour cent des personnes présentant des addictions guérissent seules et ne verront jamais un médecin. Pour celles qui consultent parce qu'elles n'y arrivent pas, la désintoxication n'est qu'une formalité. Elle se règle en quelques heures pour les opiacés (il existe de très efficaces traitements), en quelques jours pour la cocaïne (il suffit presque d'attendre en milieu sécurisé) et il faut une bonne semaine, voire un peu plus pour la dépendance à l'alcool. La « désintox » c'est la spécialité de l'addictologue, son heure de gloire. On applaudit ! La question subsidiaire des addictions c'est : qu'est-ce qu'il y a derrière ? Et là c'est un peu plus mystérieux, on ne sait pas ce que cache ce masque, et qu'il faudra tôt ou tard affronter. De l'angoisse, de la peur, une maladie mentale, de l'ennui simplement, autre chose, n'importe quoi, de la bêtise, pourquoi pas ? On part à l'aventure, c'est la partie du patient. Le chemin qu'il a fait dans un sens, il va devoir le faire dans l'autre. Cela va prendre un certain temps.

En sortir tout seul facilement

Le cas du tabac est exemplaire. Le tabac est considéré comme une drogue des plus addictives et pourtant, si l'on fait l'expérience dans un groupe de demander s'il y a des personnes qui ont arrêté de fumer, on voit plusieurs doigts fièrement se lever. « Et qui a vu un médecin pour ça ? » Un doigt timide se lève (ou parfois même pas).

Et quand on demande « comment vous avez fait ? »

« Je ne sais pas très bien, j'étais un gros fumeur, j'ai consulté, j'ai eu des patches, ça n'a jamais tenu longtemps. La volonté c'est bien, mais... Voilà ce qui s'est passé : je suis devenu non-fumeur ! Quand j'étais fumeur je fumais, c'est normal, chaque fois que j'arrêtais j'étais mal et je rechutais, j'ai renoncé à arrêter et puis un jour je suis devenu non-fumeur et j'ai arrêté, les non-fumeurs ne fument pas, voilà ce qui s'est passé. J'ai arrêté comme ça, ça m'a passé. »

C'est bien beau mais comment on devient non-fumeur ?

Le rôle du médecin est de vous dire qu'il ne le sait pas mais que vous le pouvez et que bon, je vous laisse, j'ai mon cours de cha-cha-cha. Le rôle des médecins c'est de « rendre aux patients un pouvoir qu'ils veulent qu'on leur prenne », pas de les enfumer.

Alors on n'aura pas le fin mot de l'histoire ?

Mais si. Voilà ! Depuis quelques années le nombre de fumeurs diminue, l'image du fumeur s'est ringardisée, les jeunes ne s'identifient plus au cowboy Marlboro ou aux stars du cinéma américain, ils sont végans, écolos, ils font du sport, tout ça n'est pas très compatible avec le tabac. Les messages sanitaires sont massifs, le mois sans tabac... Et le prix du paquet, ça fait beaucoup. Les cerveaux s'imbibent, puis un jour c'est le déclic, comme quand on allume l'électricité, il suffit d'une pichenette sur le commutateur et tout s'éclaire.

Mais avant, l'électricien a percé des murs, tiré des fils, mis des gaines, opéré des branchements, encastré des commutateurs. Combien de temps a-t-il travaillé dans le noir pour que d'un seul coup tout s'éclaire ? Longtemps. Parfois ça ne marche pas. Il n'y a pas de jus ou il y a un défaut dans le système. On retourne sur le chantier.

Ce qui est valable pour le tabac est valable pour toutes les autres drogues. Quand on a changé, on passe devant elle sans s'arrêter. Les décisions qui tiennent sont moins celles qu'on prend que celles qui nous prennent.

Par miracle

Il y a aussi des guérisons miraculeuses et instantanées par amour, séparation, maladie, accident, illumination, autant d'évènements qui soufflent l'addiction comme on souffle une bougie. C'est vraiment une drôle de maladie.

En grandissant

Pas d'affolement, la consommation de drogues, surtout de cannabis mais pas seulement, n'est souvent qu'une étape, un rite de passage à l'âge adulte. Au premier incident, bad trip, affaire de justice, rupture sentimentale, conflit ou pour n'importe quelle autre raison, la consommation s'arrête. Certains grandissent plus vite que d'autres, et certains ne grandissent jamais.

En déménageant

Et en voyageant aussi, car il y a des lieux où l'on consomme et d'autres où l'on ne consomme pas. Il y a des addictions géographiques.

En prenant sa retraite

Comme ils n'ont rien trouvé à faire, ils se sont drogués juste pour avoir l'air de faire quelque chose. Alors, vers l'âge de la retraite, quand ils sont sortis de l'injonction de faire quelque chose de leur vie, enfin ils peuvent se détendre, passer à autre chose et tout arrêter. Il y a longtemps qu'ils ont arrêté les drogues dures et l'alcool fort. Un peu de tabac, à la rigueur quelques bières, un peu de méthadone le matin, ils sont « guéris » depuis longtemps mais ne le savent pas forcément. C'est sympa de le leur dire. La drogue, ils l'ont eue « à l'usure », mais ils sont usés.

S'il y avait eu une grande cause « nationale » capable de soulever leur enthousiasme : se mobiliser pour la retraite à dix-huit ans, envahir la Russie, déplacer le Mont-Saint-Michel à Paris (ce ne sont que quelques exemples choisis au hasard) ils ne se seraient peut-être jamais drogués.

En prenant des risques

Nous avons tous commencé notre vie par un sevrage, c'est en général notre propre mère qui nous a fait passer l'envie du lait. Et à tous les coups nous y sommes arrivés, et il n'y a pas eu de rechute et ce n'est pas un miracle. Car il est plus intéressant de manger des choses de toutes les couleurs, de toutes les consistances et de tous les goûts, de découvrir sans arrêt des choses nouvelles, de se faire les dents, que de boire du lait encore du lait toujours du lait ! Une petite exception tout de même pour le lait concentré sucré en tube de Nestlé (mais promis, demain j'arrête).

Et voilà que même pas encore sevré on essaie de se mettre debout. Tout seul. L'effort est nouveau, considérable, le bébé pousse, ses mains sur le sol, le cul plus haut que la tête, comme un haltérophile. Il tombe, se relève, retombe, se relève encore une fois et retombe encore sans pleurer une seule fois. Il veut être debout un point c'est tout. C'est impressionnant, la vie commence par un exploit.

Et s'il l'a fait une fois...

Et si je t'aime, prends garde à toi !

Bon, mais après, quand on est adulte debout bien droit, qu'est-ce qui compte ? Qu'est-ce qui compte assez pour ringardiser les drogues et toutes les addictions ? Que veulent les hommes au fond, que veulent-ils plus que tout qui leur ferait considérer les drogues pas plus que des bonbons ? Le bonheur et l'amour remportent tous les suffrages. Passons rapidement sur l'amour. Celui de la patrie est un fauteur de guerre, celui de Dieu conduit au massacre d'innocents, « le cœur pur les mains pleines de sang ». Et quand il est privé, amour égale encore danger. Prends garde à toi si je t'aime, l'amour est l'autre nom du crime quand il est passionnel, il se pratique avec des organes excrémentiels, dégoulinant de sang et de sperme le monstre de la Saint-Valentin aime qu'on se prosterne, et bien qu'elles se présentent en rang serrés, comme dirait Bette Davis, « l'amour ce n'est pas pour les mauviettes ! » Le compte est bon, je me tais.

Le bonheur, en revanche, semble n'avoir que des avantages, certains croient bon d'ajouter « simplement », le bonheur simplement, ils pensent être modestes et peu exigeants. C'est dire s'il y a des coups de pieds quelque part qui se perdent. J'ai fait avec une vraie rigueur (sinon scientifique du moins dans le raisonnement) une enquête sur ce thème : « Ce que les hommes veulent ! » Où chercher ? Dans leurs productions ? La science, la psychologie, les romans, l'histoire, les chansons, les mythes. Shakespeare en a dit beaucoup, La Fontaine, Freud, Marx, Homère aussi, Nietzsche, il y en a un paquet qui ne sont pas des imbéciles mais l'idéal évidemment ce serait que l'humanité entière nous murmure à l'oreille : « Voilà ce que je veux ! »

Si par-delà les siècles l'humanité pouvait s'exprimer...

Bon, ça vaut ce que ça vaut mais il y a un truc, ça pourrait marcher, l'histoire la plus vieille, celle d'Adam et Ève. Je vous la raconte.

L'histoire se passe au paradis. Dieu dit à Adam : ici tu peux tout faire. Sauf toucher ce truc, tu le vois bien, regarde, je le mets au milieu du jardin (Dieu est un peu pervers). Bon, passons. Comme Adam n'a rien à faire à part se balader, il passe tout le temps devant l'arbre. Mais il n'y touche pas. Pour être tout à fait franc, il tourne un peu en rond. Il s'emmerde mais il ne le sait pas, il est tellement heureux, le pauvre. Le guettant derrière un nuage, Dieu se désespère – Mais qu'il est mou ! Il ne va jamais y arriver ! – Alors il décide d'envoyer du renfort : le serpent et Ève, l'esprit et la vitalité, et enfin Adam croque la pomme. Ouf ! Dieu sort de derrière son nuage – Vu ! Et il pique sa fameuse colère. Il lance ses malédictions et il en rajoute, il y en a pour tout le monde. « Toi tu ramperas sur le ventre et tu mangeras de la terre, toi tu enfanteras dans la douleur, toi tous les jours tu gagneras ton pain à la sueur de ton front, et tu mangeras épines et chardons ! » Un peu choqués, tous les trois se regardent et Adam dit : « Putain, mais c'est Koh-Lanta ! »

Au cours des siècles, avant d'être écrite, l'histoire d'Adam et Ève est passée de bouches à oreilles. Mille fois roulée, polie comme la pierre arrachée de la montagne qui finit dans la rivière et se transforme en galet. Le récit biblique n'a pas plus d'auteurs que l'auteur du galet.

Si les juifs, les chrétiens et les musulmans ont adopté cette histoire et ne l'ont jamais oubliée, c'est parce qu'elle sonne juste, comme une bonne chanson elle dit bien ce qu'ils ressentent. C'est normal, ce sont eux qui l'ont écrite, ils ont inventé une histoire vraie. L'auteur de la Bible, c'est l'humanité et son message est simple : fuyez !

Le paradis ce n'est pas une vie, vous méritez mieux. Comme une étoile à peine visible qui disparaît dès qu'on la fixe on n'atteint jamais le bonheur qu'on vise. Il n'est pas exclu, loin de là, mais il nous prendra au dépourvu. Les Grecs pensaient que les dieux ne voulaient pas que les humains soient heureux trop longtemps, ils devaient sans doute penser que trop de bonheur ce n'est pas bon pour la santé.

Et l'histoire du péché ? Ça c'est la meilleure ! La première occurrence du mot péché survient pour qualifier le meurtre d'Abel par Caïn.

Croquer la pomme n'est en rien un péché, c'est la transgression qui va donner naissance à l'humanité, une sorte de coup d'envoi. Dans la Bible il n'y a pas de « péché originel », ça n'existe pas. C'est une fake news pour nous mettre à genoux, écrasés de culpabilité. Ça a plutôt bien marché.

La morale de l'histoire ? Pour sortir d'une addiction, il faut « avoir envie d'en croquer ! »

Ce n'est quand même jamais une mince affaire, sortir d'une addiction vaut un diplôme universitaire. On ne peut pas le mettre dans son CV mais ça donne à l'individu une certaine épaisseur, il perd en futilité, c'est pourquoi, quand j'estime qu'ils s'en sont suffisamment sortis, je leur remets un diplôme fait maison et signé.

AU PARADIS ADAM ÉTAIT COMBLÉ, MAIS POUR ÊTRE UN HOMME, LE MANQUE LUI MANQUAIT

On sait bien que la rechute étant possible à n'importe quel moment, la réussite définitive d'un sevrage ne peut se faire que post-mortem, mais il ne faut pas casser l'ambiance. « Faites gaffe quand même. »

Jamais perdu jamais sauvé, les jeux ne sont pas faits, la partie continue.

Les chemins de la guérison sont nombreux, les maladies aussi meurent de vieillesse, parfois prématurément ou même de mort subite. On peut contourner une addiction, la laisser sur place, l'oublier, passer outre, les modes de guérison sont divers mais on s'en sort toujours. La question est : dans quel état et quand ? Mais quelle que soit la manière, toutes excluent ce qu'on met pourtant toujours en avant : l'effort et la volonté. Le seul effort nécessaire c'est un effort d'intelligence, effort très relatif puisqu'il peut se faire couché.

Soigner les soignants

Faculté de médecine de Montpellier, octobre 1675

John Locke sauta de la calèche et rejoignit les membres du jury de thèse qui s'apprêtaient à siéger après avoir pris un repas offert par celui qui allait se retrouver sur la sellette, le candidat au titre de docteur, le jeune Guillaume Borsh[4]. John Locke, le médecin du Comte de Shaftesbury, faisait du tourisme professionnel. À l'invitation de la faculté de Montpellier, la plus prestigieuse d'Europe, il venait assister à la soutenance d'une thèse. La tradition française voulait que le candidat offre un festin aux éminents professeurs de médecine qui allaient le mettre l'après-midi entière sur le gril. Assis sur un siège étroit et inconfortable au centre de la pièce, la sellette où l'on installait en général les accusés, Guillaume Borsh faisait face à ses juges confortablement assis dans de grands fauteuils. Coiffés de leurs bonnets carrés, vêtus de grandes toges de soie et de satin tout en rouge et noir, on aurait dit le stade toulousain.

L'exercice était redoutable car à travers le candidat les grands docteurs s'affrontaient, il devait donc faire preuve de prudence et de discernement pour n'en froisser aucun ni n'en mettre aucun en difficulté. C'était l'épreuve de vérité. S'il se sortait de cet exercice, il serait capable de répondre efficacement à n'importe quelle question, de faire face à n'importe quelle situation et

4. Personnage imaginaire d'un roman jamais publié.

de retomber toujours sur ses pieds. Qualité indispensable quand on se destinait à être médecin au XVIIe siècle, car les connaissances médicales étaient si rudimentaires et si souvent erronées que la légitimité du médecin ne reposait que sur son autorité, qui ne reposait elle-même que sur un monstrueux culot et au moins autant de roublardise.

À l'égal de celui du roi, le pouvoir du médecin était sans limites. Quelques siècles plus tard il allait s'adoucir avec l'avènement des sociétés démocratiques et la féminisation de la profession, mais on n'en était pas encore là.

Guillaume fut admis à sa thèse avec mention très honorable, le discours de réception du maître quand il s'adressa à lui pour le coiffer du bonnet de Docteur était sans équivoque.

« Moi, avec ce vénérable et docte bonnet, je te donne et te concède la vertu et le pouvoir d'exercer la médecine, de purger, de saigner, de percer, de tailler, de couper et de tuer par toute la terre impunément. »

L'intronisation d'un tueur à gage.

Ce genre de soignant ne ressentait pas le besoin d'être soigné.

Trois cent cinquante ans après le Dr Angel Borsh, descendant de Guillaume, fait ses premières consultations.

Cabinet du Dr A. Borsh Toulouse, juin 1980

Angel se réveilla tôt, la veille il avait passé sa thèse, sa vie de médecin commençait aujourd'hui. Docteur en médecine. Stefan, son père, lui avait laissé le cabinet et était parti en vacances. Il lui avait prédit une journée chargée et elle le fut effectivement. Elle fut longue mais passa vite.

Il était neuf heures du soir quand il rentra, fatigué d'une bonne fatigue, satisfait du devoir accompli. Il se fit un café et alla s'installer dans le fauteuil du salon, allongea ses jambes sur la table basse et alluma une cigarette. Lolita n'était pas encore rentrée.

Il se sentait bien. Il repensa à sa journée en déroulant avec plaisir le fil un peu comme il venait, au hasard, et tout doucement par petites touches tout se colora en noir et sa gorge se serra. Il n'était plus sûr de ses diagnostics, il se rappelait avoir négligé une information qui lui paraissait maintenant importante, il n'avait pas recherché un anévrisme de l'aorte à un patient qui avait de vagues douleurs abdominales, il avait prescrit deux injections intramusculaires pour une cruralgie aiguë sans vérifier si la malade était sous anticoagulant et le dernier patient qu'il avait vu avait mal à l'estomac, mais ça aurait aussi bien pu être le signe d'un infarctus, et cet ado soi-disant enrhumé qu'on lui avait présenté après qu'il eut déjà examiné deux membres de la famille, qu'est-ce qu'il leur avait dit au juste ? Cette nuit il aurait des céphalées, la nuque raide, il serait confus, une méningite l'emporterait au petit matin et ainsi de suite, les choses s'enchaînaient toutes seule de plus en plus vite et il y en avait de plus en plus, il lui semblait maintenant qu'il était passé à côté de tout, trop occupé à ressembler à un médecin, il avait survolé la journée en jouant au docteur. Ils allaient tous mourir ! Il se raisonna et alla se coucher, fit le vide dans sa tête et s'endormit profondément.

Médecin c'est un métier où il est toujours question de tuer ou de sauver. On en parlera plus loin avec le mythe d'Esculape.

La question de la compétence, de la faute et de la culpabilité est omniprésente dans l'activité de soin, d'autant plus que c'est un métier qu'on a choisi pour « faire le bien », or avec l'addictologie la médecine se tire une balle dans le pied (on pourrait dire une rafale). Le bilan de l'addictologie n'est pas glorieux, il y a un énorme malentendu. La guérison est l'affaire du patient, le médecin n'a pas la main sur nos émotions, nos pensées ni même notre connerie, à laquelle les humains semblent tenir plus que tout.

Les soignants sont dans une situation impossible. Ils se sont fixé un objectif inaccessible alors ils sont dépités, se morfondent, se plaignent, culpabilisent ou au contraire deviennent insensibles, cyniques, indifférents, sadiques. La promesse chrétienne cachée dans le soin n'a pas été tenue, je n'ai pas fait le bien que j'espérais et ils sont tous là qui me le reprochent avec véhémence, injustement et de toutes les manières. La question de la souffrance et de la mort a présidé au choix de cette profession mais les soignants ne sont pas préparés à cette cohabitation, ce n'est pas le noble combat dont ils avaient rêvé, moins souvent héros que boucs émissaires.

DES PROJETS APRÈS VOTRE MORT ?

En se donnant comme objectif de guérir les passions, l'addictologie culmine dans l'erreur. Elle n'en a ni le pouvoir ni la légitimité. L'addictologie est une aporie dont les soignants sont les premières victimes, les patients souffrent d'addiction et eux d'addictologie. Le secteur de la santé est celui où l'on se suicide le plus. « Soigner les soignants » est devenu une spécialité sanctionnée par un DIU, un Diplôme inter-universitaire. Inscrivez-vous !

Ils ne savent pas ce que médecin veut dire, ce n'est pas au programme des études de médecine, alors évidemment...

Ce que médecin veut dire

Le mot médecin a une origine linguistique indo-européenne et une signification symbolique empruntée à la culture grecque, il est né de la rencontre de la mythologie et de l'étymologie. À ce point de rencontre il y a Méduse. Dans la mythologie grecque, Méduse était une gorgone à la tête auréolée de serpents dont le regard fixe pétrifiait (d'où l'expression « être médusé »).

Esculape, le dieu de la médecine, préleva le sang du cou de la Méduse. Du côté gauche c'était un poison violent et du côté droit un remède bénéfique. Esculape s'en servait habilement mais quand il commença à multiplier les résurrections, Zeus, jaloux, le foudroya et le transforma en constellation : le serpentaire (caducée).

Étymologiquement le mot médecin est issu de la racine « med- », qui exprime l'idée de « prendre avec autorité et réflexion des mesures d'ordre ». De cette racine a donné le mot mélodie (l'ordre dans les sons), muid (ancienne mesure de capacité des liquides) et méditer (l'ordre dans les pensées). Méduse est ainsi nommée parce que son regard fixe lui donne l'air de méditer.

Le mot qui désigne le médecin est au carrefour de la mythologie et de l'étymologie, il résonne du plus profond de la conscience : la mesure, le discernement ou la mort.

La médecine est un métier où l'on dérape facilement. De Frankenstein à Jekyll en passant par Hannibal Lecter, Dr No et le Dr Folamour, Hollywood a toujours imaginé le médecin comme un fou dangereux. Sans aller jusque-là, il semble qu'avec l'addictologie la médecine ait manqué de discernement et glissé du côté où elle penche. L'addictologie dit que l'addiction est une maladie, je dis que « c'est celui qui le dit qui l'est », la maladie ce n'est pas l'addiction, c'est l'addictologie.

Mais parlons d'autre chose...

Ils sont là pour guérir, il faut leur faire confiance, garder une certaine distance pour ne pas les gêner. On guérit toujours en parlant d'autre chose, ne soyons pas plus toxicomanes que les toxicomanes. En addictologie le travail du médecin ressemble moins à celui du chirurgien qu'à celui du jardinier. « Votre fils, Madame, c'est la promesse d'un chêne ! Vous êtes sûr, Docteur ? Oui, nous avons le gland ! ». Mais non, on n'est jamais sûr de rien, il y a l'affection, l'éducation, l'environnement, la culture, les choix personnels, les soins, le hasard et il y a la graine enfouie sous terre dont on ne peut préjuger. Heureusement il y a beaucoup plus de variétés d'êtres humains que de légumes. Sans doute autant de variétés qu'il y a d'individus. Pour s'occuper d'addictions il faut avoir la « constance du jardinier ». Il faut de l'endurance, pas la peine de s'exciter, c'est celui qui dure qui gagne. Un jour, alors que je faisais mon stage d'interne en chirurgie à l'hôpital universitaire, je décidai d'assister à la consultation de mon père qui était depuis une trentaine d'années généraliste dans un quartier populaire, près de la gare. Les mots sont sortis de ma bouche : « Mais tu ne fais rien ! » Il m'a regardé en souriant en coin. « Oui, mais de quelle manière ! »

Il savait ce qu'il faisait. Moi je ne voyais rien, mais avec le temps...

Invisible mais omniprésente, la religion imprègne le soin de puissantes valeurs chrétiennes : dévouement, compassion, empathie, charité qui peuvent nous amener où l'on ne devrait pas. Car si du médecin le patient, avec reconnaissance, pourvu qu'il soit soumis (les médecins disent compliant) attend la guérison comme le pénitent à genoux attend du prêtre la bénédiction, en addictologie cela ne se passe pas comme ça. Ici, inutile de rester à genoux, personne ne viendra vous sauver. Ni le médecin ni dieu. Le médecin parce qu'il n'en a pas le pouvoir. Quant à dieu... Les juifs ont inventé dieu par nécessité philosophique, pour s'exercer à penser et à vivre, à s'élever moralement, mais ils n'y croient pas un seul instant. Il n'y a pas de peuple plus athée, disait Moïse Ézéchiel, mon père, qui savait de qui il parlait. Les juifs sont pratiquants mais ils ne sont pas croyants. Il y a plusieurs milliers d'années qu'ils ont placé les dieux dans la catégorie obsolète. Se faisant du même coup des ennemis sur toute la planète. Chez eux, pas de moutons, pas de berger, des hommes simplement, et quand ils prient, ils prient debout et sont souvent en colère. Quand Jacob se bat avec l'ange, c'est un corps à corps plein d'incertitude et de confusion qui durera jusqu'au petit matin. Jacob combat-il contre dieu ou contre lui-même ? Il en sortira, blessé mais victorieux, parce qu'il aura changé. Il n'aura plus le même nom.

Dans le combat contre l'addiction, l'homme se bat aussi contre lui-même, c'est aussi un combat plein d'incertitude et de confusion mais c'est son combat, ce ne saurait être celui d'un autre, fût-il médecin.

UN MÉDECIN DÉVOUÉ À SES SALADES, CE N'EST PAS UNE IMAGE D'ÉPINAR...

D'habitude le médecin vieillit avec sa clientèle et partage avec ses patients les mêmes problèmes, il commence à avoir mal partout, il a de l'hypertension, il porte des lunettes, ils vieillissent ensemble doucement. Ce n'est pas ce qui m'est arrivé. Vers cinquante ans j'ai commencé à rajeunir, et depuis ça n'a pas arrêté. Comme un vieux chat entre les pattes de qui on aurait mis des chatons, il paraît que les vieux chats oublient leurs rhumatismes, leur âge, et se remettent à gambader. Les chatons ? Des toxicomanes, et il n'y en avait pas qu'un. Ce fut une cure de jouvence accélérée. La question des produits et de l'addiction est restée à sa place, au second plan, et même souvent de l'autre côté de la porte. On a parlé de choses plus intéressantes. Ils m'ont fait faire tous les métiers et jouer tous les rôles, médecin évidement, mais aussi assistante sociale, éducateur, conseiller familial, conteur, grand frère, père puis grand-père, témoin, avocat, procureur, psychiatre, agent provocateur, coach, sparring-partner, supporter, curé, parfois même addictologue et pom-pom girl, à quatre-vingts balais.

Ce n'était pas tous des Bukowski, des Burroughs, des Gainsbourg, des Modigliani, des Sagan, des Duras, des Joplin, des Hemingway mais ils étaient tous champions dans leur catégorie, ils étaient seuls dans leur catégorie. Ils gagnaient à être connus. La promesse qu'a faite l'addictologie, c'est eux qui l'ont tenue.

Excusez-moi, on m'appelle

C'est l'ARS, ils ont des tas d'appels de professionnels de santé paniqués, un nouveau fléau s'est abattu sur la ville, son nom c'est Lyrica. Chacun y va de sa partition et raconte les menaces, la violence, les vols, les fausses ordonnances, les états de manque. On se croirait revenu dans les années 1990. Merde ! Ils n'ont rien appris ! Les soignants, pas les patients. Les patients n'ont pas l'âge, ils sont jeunes et la « drogue », la Prégabaline ou Lyrica, un traitement indiqué dans les neuropathies, est devenue en quelques années la drogue du pauvre, comme le Rohypnol l'était à son époque, l'histoire se répète.

Ce qui change avec le Lyrica c'est qu'il est importé, on en prend dans le Maghreb ou dans les pays de l'Est comme on prend du Tramadol en Libye, et on arrive en France avec tout ça et ça déclenche l'affolement, mais c'est toujours la même fonction de viatique pour traverser les épreuves que les consommateurs recherchent. D'ailleurs ils surnomment le Lyrica « Mère Courage » comme, à l'époque, le Rohypnol qu'ils n'ont pas connu, preuve qu'ils en attendent la même chose.

Même si elle est plus ou moins classée en tant que stupéfiant, la Prégabaline n'est pas si terrible, en tout cas guère plus que les benzodiazépines qui circulent librement, mais certains en font un usage pas du tout orthodoxe, ils en prennent des quantités pas racontables, d'autres c'est juste pour planer un peu. Le plus souvent ils en attendent un effet anxiolytique, indication figurant sur la notice. Dans les grandes villes de France, à part un protocole très serré pour les MNA (mineurs non accompagnés) venant du nord de l'Afrique, on ne prescrit pas de Lyrica.

Ce n'est pas le cas à Toulouse, et la raison en est simple : il y avait un médecin qui en prescrivait beaucoup, tellement, qu'il est en prison, et sa clientèle très nombreuse court la ville pour trouver sa dose car ce produit, si on en prend depuis assez longtemps, est responsable de dépendance. Situation de crise. En une semaine un protocole a été mis en place par les CSAPA de Toulouse en concertation avec les partenaires institutionnels, et plus d'une centaine de patients ont été pris en charge dans la foulée. Les réflexes réseaux étaient encore vivaces sur la ville. Fin de l'histoire. Ou presque, car quelques-uns se sont servis du Lyrica pour arrêter le crack et la cocaïne, et on risque après l'avoir diabolisé de trouver à ce produit des vertus nouvelles. L'avenir nous le dira. Allez, cette fois-ci je vous laisse vraiment.

À TROIS, QUAND J'ENLÈVE LES MAINS,
TOUT LE MONDE EST GUÉRI !

Remerciements à l'équipe du CSAPA, à Clémence Isaure et à quelques patients.

Ahmed, Anne, Bruno, Céline, Cynthia, David (les deux), Éric, Eva, Francis (les deux), Gaétan, Hamed, Ismaël, Joao, Maeva, Médiani, Mohamed, Nicolas, Nizar, Pascal, Pierre (les trois), Rachid, Rafal, Régis, Robert, Ruben, Saïd, Salomon, Sébastien, Valentin, Vladimir... et tous leurs « collègues ».

Bibliographie
Quelques textes qui ont compté

Histoire culturelle de la maladie, Marcel Sendrail (Privat)
Histoire élémentaire des drogues. Des origines à nos jours, Antonio Escohotado (Éditions du Lézard)
Histoire des troubles mentaux de l'hystérie aux addictions (dossier de la revue *Sciences Humaines*)
Maladies d'hier, malades d'aujourd'hui, Claudine Herzlich et Janine Pierret (Payot)
Dictionnaire étymologique du français (Les usuels du Robert)
Dictionnaire des symboles (Robert Laffont)
Traité d'addictologie, sous la direction de Michel Reynaud (Flammarion)
Le livre des superstitions. Mythes, croyances et légendes, Eloïse Mozzani (Robert Laffont)
Tsimtsoum, Mark-Alain Ouaknin (Albin Michel)
La Bible. La Genèse.
La Maladie mentale en mutation, Alain Ehrenberg et Anne M. Lowell (Odile Jacob)
L'Individu incertain, Alain Ehrenberg (Calmann-Levy)
Le Métier de médecin, Georges Tchobroutsky et Olivier Wong, collection « Que sais-je » (PUF)
Le roman de l'alcool, Pierre Fouquet et Martine de Borde (Seghers)
Histoire des amphétamines, Pascal Nouvel (PUF)
Le Sommeil et le rêve, Michel Jouvet (Odile Jacob)
Biologie des passions, Jean-Didier Vincent (Odile Jacob)
Qu'est-ce que le DSM ?, Steeves Demazeux (Ithaque)
L'homme qui prenait sa femme pour un chapeau, Oliver Sacks (Points)
L'Intranquille. Autoportrait d'un fils, d'un peintre, d'un fou, Gérard Garouste (L'Iconoclaste)
De l'exaltation à la dépression. Confession d'une psychiatre maniaco-dépressive, Kay Redfield Jamison (Robert Laffont)
Je suis à l'Est !, Josef Schovanec et Caroline Glorion (Pocket)

TABLE DES MATIÈRES

Déjà parus aux Éditions Intervalles

LITTÉRATURE

JAN LARS JENSEN
Parano
ANTHONY JAMES PERRY
Douze histoires cul sec
ANTHONY SMITH
D'amour et d'Amazone
TERENCE WARD
À la recherche d'Hassan
LINDA GRANT
Le roman que je n'ai pas écrit
Nos années folles
GAVIN MENZIES
1421, l'année où la Chine a découvert l'Amérique
PATRICK NEATE
Twelve Bar Blues
Jérusalem
MARTIN MELKONIAN
Les mots pour jouir
ÅSNE SEIERSTAD
Cent un jours à Bagdad
BILL CARTER
Les Ailes de Sarajevo
Boom, Bust, Boom
THEO HAKOLA
Le Sang des âmes
Rakia
TIZIANO TERZANI
La fin est mon commencement
Un devin m'a dit
Un autre tour de manège
Lettres contre la guerre
Bonne nuit, Monsieur Lénine
En Amérique
Des fantômes
La Chute de Saïgon
SONAME YANGCHEN
Soname ou la bonne fortune
IDANNA PUCCI
La Demoiselle de Sing Sing
M. PAGE ET T. B. REVERDY (DIR.)
Collection irraisonnée de préfaces à des livres fétiches
MARTIN MILLAR
Les Petites Fées de New York
Kalix, la loup-garou solitaire
Kalix, la malédiction de la loup-garou
La Déesse des marguerites et des boutons d'or
DAPHNÉ KAUFFMANN
Nos mots croisés
Un personnage en Italie
Le Sens de l'équilibre (avec Clément Leroy)
JAMES S. LEE
Les Tribulations d'un opiomane (1895-1915)
TIRDAD ZOLGHADR
Softcore
RAVI SHANKAR
Raga Mala, ma vie en musique

Jean-Claude Boulard
Voyage au pays des juges
Guillaume Jan
Le Cartographe
Traîne-Savane
Axel Léotard
Marie et les Autres
Zachary Karabashliev
18 % gris
Jean Szlamowicz
Détrompez-vous !
Le Sexe et la langue
Gabriel Malika
Les Meilleures Intentions du monde
Qatarina
Olivier Auroy
Au nom d'Alexandre
L'Amour propre
Le Dicorona
Laurène Champalle
Christiania ou les enfants de l'utopie
Millard Kaufman
Comme sur un lit de roses
Rowan Simons
Des bambous dans la surface de réparation
Gazmend Kapllani
Petit journal de bord des frontières
Je m'appelle Europe
La Dernière Page
Le Pays des pas perdus
Philippe Coussin-Grudzinski
Voyages sur Chesterfield
Guénaëlle Daujon
Là-Batz, le roman d'une île
Le Jardin de Georges
D. Guelar, V. Jarach, B. Ruiz
Les Enfants de l'exil
Ben Elton
Doris Darling
Anthony Neilson
Les Menteurs
Elias Jabre
Absolut Barbarian trip
Un psychopathe et demi
Arnaud Modat
Comic Strip
Ludmila Shtern
Bye Bye Leningrad
Sébastien Gendron
Zeus
David Doma
La Nuit des secrets
Stéphane Reynaud
Le Monde selon Cheng
Mikaël Hirsch
Avec les hommes
Notre-Dame des Vents
Libertalia
Quand nous étions des ombres
Gabriel Robinson
Les Heures pâles

Richard Gaitet
Découvrez Mykonos hors saison
L'Aimant
Jean-Claude Taki
Sotchi inventaire
Menahem Begin et Anouar el-Sadate
La Paix à l'œuvre
Dimitris Sotakis
L'argent a été viré sur votre compte
Comment devenir propriétaire d'un supermarché sur une île déserte
Une famille presque parfaite
Un grand serviteur
Demi-cœur
Da Ngân
Une bien modeste famille
Mileta Prodanović
Ça pourrait bien être votre jour de chance
Marianne Groves
Baby Baby
Yves Brunier
Dans la peau d'un monstre (gentil)
Rachel Vanier
Hôtel International
Écosystème
Guéorgui Gospodinov
Physique de la mélancolie
Un roman naturel
Tous nos corps
Sonia Ristić
La Belle Affaire
Des fleurs dans le vent
Saisons en friche
Triptyque en Ré mineur
Celles qui se perdent
Jean-Luc Marret
Pornification
Oksana Zaboujko
Explorations sur le terrain du sexe ukrainien
Ai Weiwei
Weiwei-ismes
Notre humanité
Rouja Lazarova
Le Muscle du silence
Carole Zalberg
À la trace
John Robertson
La Bataille de Penang
Park Min-kyu
Ping-Pong
Timothée Gaget
Les Bonnes Mœurs
Sevgi Soysal
Tante Rosa
Youcef Zirem
La Porte de la mer
Michka Assayas (dir.)
Nouvelles nouvelles d'Azerbaïdjan
Patricia Almarcegui
Le Peintre et la voyageuse
Carnets perdus du Japon
Julien Leclercq
L'homme qui ne voulait pas devenir président

Elsa Levy
Bouddha Boudoir
Dimana Trankova
Le Sourire du chien
La Caverne vide
Alain Delmas
Dans l'ombre du viaduc
Xéno
Uršul'a Kovalyk
Femme de seconde main
L'Écuyère
Konrad Laghos
Petits Hommes
Catherine Baldisserri
La Voix de Cabo
Vesna Maric
Le Merle bleu
La Boutique du Président
Sylvia Hansel
Les adultes n'existent pas
Cannonball, l'adolescence n'est pas une chanson douce
Bulle de savon
Wioletta Greg
Les fruits encore verts
Khosraw Mani
Une petite vie
Tiit Aleksejev
Le Pélerinage
Hugues Serraf
Deuxième mi-temps
Le Dernier juif de France
La Vie, au fond
Constance Latourte
Avenida Vladimir Lénine
Maïa Aboueleze
Le Ballet des retardataires
Fabrice Châtelain
En haut de l'affiche
Le mâle du siècle
Stéphane Rose (dir.)
Cafard noir, seize leçons d'enveloppement personnel
Tagbumgyal
Le Chien, son maître et les parents proches
Anne Robatel
Dieu, le point médian et moi
Contrechants
La littérature n'est pas qu'un sport de combat
Guillaume Lafond
La Correction
La Colère selon M
La Fabrique du vide
Barbara Klicka
Sanatorium
Bekim Sejranović
Ton fils Huckleberry Finn
Baptiste Ledan
La Vie suspendue
François-Xavier Freland
Un été à Anafi
À l'école de l'universel
Les Amants tristes

Élisabeth Lesne (dir.)
Filles de l'Est, femmes à l'Ouest
Sabine Prokhoris
Les Habits neufs du féminisme
Claudine Tiercelin
La Post-véritié ou le dégoût du vrai
Albena Dimitrova
Nous dînerons en français
L'Or qui fait de l'or
Olivier Jacquemond
Un amour sous la guerre
François Rastier
Petite mystique du genre
Anguel Igov
Les Doux
Attica Guedj
Tu es là
Michel Sapranides
Leader sociétal
Leader sociétal en 200 citations
Myriam Antaki
La Vie toujours ailleurs
Vicente Ulive-Schnell
Les Poissons de Caracas
Amir Hassan Cheheltan
Le Calligraphe d'Ispahan
Daniel Sibony
Les non-dits d'un conflit
Angela Terzani Staude
L'Âge de l'enthousiasme
Des fantômes
Baptiste Ledan
Le Voyageur amoureux
Gabriel Saillard
Haut les têtes
Renée Fregosi
Le Sud global à la dérive
Catherine Hermary-vieille
Un rêve d'amour

PHOTOGRAPHIE, LIVRES ILLUSTRÉS

Jocelyn Bain Hogg
Idolâtrisme
Abbas
Les Enfants d'Abraham
Chris Steele-Perkins
Tokyo Love Hello
Sabine Pigalle
Toxi Food
Festins libertins
Protectors
Coronabécédaire
Raghu Rai et Tiziano Terzani
India notes
Xavier Lambours
Cinéma
Stéphan Gladieu
Roland-Garros, fenêtre sur courts

Fouad Elkoury

De la guerre et de l'amour

Guillaume Reynard et Jean-Claude Taki

Lettres kazakhes

Sotchi pour mémoire

Magnum Photos et Bruno Gibert

Quarante-cinq histoires d'automobiles

Célia Houdart

Georges Aperghis : Avis de tempête

Sophie Prunier-Poulmaire (dir.)

Le Travail révélé

Êtres au travail

Naomi Harris et Yann Perreau

California Dreaming

Liz Hingley

Under Gods

Tomas van Houtryve

La Lutte continue

Éric Atlan

Mortem

Collectif

Le Chant du Monstre, revue (n° 1, n° 2, n° 3)

Collectif Argos

Gueule d'Hexagone

Héctor Mediavilla

S.A.P.E.

Aurélien Abels Eber, Romain de La Bouvrie et Thomas de La Bouvrie

Terre de foot

Jérôme Cabanel

Les Bâtisseurs

Catherine Viale et Mathias Moreau

It's not only Rock'n'Roll

Piotr Barsony

Papa porte une robe

Marc Édito, l'homme idéal

Julien Nouveau

Éloge des arborinidés

Matthias Heiderich

Spektrum Berlin

Emmanuelle Han

Flying Blues

Geraldine Jacques

Rhizome

Taylor Holland

EuroBus

Hugo Jacomet

Parisian Gentleman

Italian Gentleman

L'élégance est un art de vivre

Aymon de Lestrange

Angelo Mariani, le vin de coca et la naissance de la publicité moderne

Cécile Cazenave (dir.) & Terra Project

Terres à vendre

Anne de Vandière

Tribus du monde

Hand

Caroline Dartiailh et Laure Didry

La Faune parisienne

Alban Lécuyer

Ici prochainement : Sarajevo

COLLECTIF
Regarde où tu marches
DAMIEN KEMPF
Monstres médiévaux (avec Maria Kempf)
Chasseur de monstres médiévaux
CARLO BEVILACQUA
Utopia
SOPHIE LE BERRE
Personal Tattoo
MARTHE PEQUIGNOT
Bibliométéo
JULIE ANDRADE ET AUDREY ZEILAS
Les Villes émotionnelles
MARTIN BERTRAND
Mékong écoportrait
MAGALI DELPORTE
La Résidence
EMMANUELLE ROCHARD
Reverse, Carnavals du monde
LAETTITIA VASSAL
Du coup y'a pas de soucis
THERESA BULLMANN ET LAURENT DE SUTTER
Naturellement gnôle, le grand livre des spiritueux naturels
COLLECTIF
Resonant

Achevé d'imprimer en octobre 2025
Imprimé en France par Normandie Roto à Lonrai (61)
Dépôt légal : quatrième trimestre 2025
N° d'impression : 2504746

Couverture et composition : Lola Moustarde, Alexa Trolliet
Révisions : Alexa Trolliet, Irène Madelénat
Création graphique de la couverture : Pauline Chaffard

Éditions Intervalles

Direction éditoriale : Armand de Saint Sauveur

2 rue Bleue 75009 Paris France
Tel. : +33 1 53 43 83 30
www.editionsintervalles.com